Mere Anarchy Woody Allen

ただひたすらのアナーキー

ウディ・アレン

井上一馬 訳

河出書房新社

Mere Anarchy
by Woody Allen

This translation published by arrangement with Random House,
an imprint of Random House Publishing Group,
a division of Random House, Inc.
through Tuttle-Mori Agency, Inc., Tokyo

ただひたすらのアナーキー　目次

装幀　柳谷志有

ただひたすらのアナーキー

過ちは人の業、浮遊するは神の御業

To Err Is Human—To Float, Divine

数か月前、私は、毎朝燻製《くんせい》のにしんを食べたあとで玄関ドアの郵便受けから津波のごとくなだれ落ちてくるガラクタ郵便物の下敷きになり、わが人生が一連のせつない夢物語のように目の前を通りすぎていく中で息絶え絶えになってあえいでいた。無数の美術展の招待状や寄付金の請求書や、私が大当たりしたという黄金のくじの連絡等々の下から消え入りそうに響くファルセットの悲鳴を聞きつけて、ワーグナー崇拝者の家政婦グレンデルがそんな私をかろうじて虫とりチューブの助けを借りて救い出してくれた。で、新たに届いた郵便物を注意深くアルファベット順にペーパー・シュレッダーにかけて整理しているときに私は、野鳥の給餌《きゆうじ》装置からさまざまな種類の石果や柑果の毎月のお届けまでありとあらゆるものを売りつける無数のカタログの中に、『魔法のブレンド』と大書された、これまた勝手に送られてきた小冊子があることに気づいた。明らかにニュー・エイジ思想にかぶれた人々を狙ったその冊子の記事が扱う内容は、水晶の力や全人的癒《いや》しから霊魂の震えにまで及び、霊力の高め方や愛とストレスの関係にも触れられ、霊魂の再生のためにはどこへ行ってどんな用紙に記入すればいいかまで事細かに記されていた。理不尽にも詐欺《さぎ》容疑で検挙されたりしないよう周到に配慮したと思われるその広告には、健康回復のための皮肉あてつけ器や、渦巻き水健康増進器、ボリュームたっぷりの女性のメロンを生み出すべく作られたハーブの豊胸サプリメントといった商品が掲載されている。心霊的アドバイスにも事欠かず、「天使たちの共同事業体、その名もコンソーシアム・セブン」とともに洞察力をダブル・チェックしている「直感的霊媒師」や、「あなたのエネルギーを調和させ、あなたのDNAを目覚めさせ、富を引き寄せる」という触れ込みの、サリーナというストリッパー風の洗礼名をもつキュートな女性が情報提供者だった。言うまでもなく、そうした霊魂の深奥へのフィールドワークをすべて終えた暁《あかつき》には、別世界にいる教祖様がもしかしたら必要とするやもしれない切手代やその他の出費をまかなうためのほんのわずかな費用が待ち受けていた。しかしながら、何と言ってももっとも驚くべきペルソナは、「〈惑星地球の天空の女神ハトル昇天運動〉の創始者兼教祖」であることは間違いない。天使ガブリエル・ハトルとして信者たちには知られているその自称女神は、彼女のお抱えのコピーライターによれば、「人間形態の極限の姿」であった。その西海岸のイコンはわれわれに次のようにのたまわっている。「カルマの逆流の速度は速まり……地球は、四十二万六千地球年続くであろう霊魂の冬の時代に入っている」。長い冬が想像を絶するほど厳しいものにもなり得ることに心を痛めたミズ・ハトルは「より高周波の次元」に昇る教えを人間たちに説く運動を始めたのである。おそらくその次元では、人々はより多く外出し、ゴルフも多少たしなめると思われる。

「空中浮揚、瞬間移動、全知、物質化・非物質化の能力、等々が標準装備となります」。魅力的な宣伝文句がこてこてに謳《うた》っていた。「この高周波次元に昇った人は、低周波も知覚することができますが、低周波次元にいる人々は高周波次元を知覚することはできません」

熱狂的な推薦文を寄せているのはプレイアデス・ムーンスターなる人物だが、死に際に、それが自分の脳外科医か自分の乗った飛行機のパイロットの名前だと知らされても、私なら露《つゆ》ほども驚きはしないであろう。ミズ・ハトルの運動に加わった者たちは、みずからのエゴを溶解し周波数を高めるための定められた手順の一環として「屈辱体験コース」に身を委ねなければならなかった。現金での支払いは眉《まゆ》を顰《ひそ》められるものの、ほんの少し卑屈になって忠誠の義務を果たし、生産的な労働奉仕を行いさえすれば、ベッドと有機緑豆ひと皿を与えられて、意識を失ったり回復したりすることができるのである。

さて、こんなことを長々と書いたのは、偶然にもその日のうちに、コンピューター制御のアヒル圧搾機《あっさくき》を買うべきかそれとも世界一精巧な携帯式ギロチンを買うべきかどうあっても決断できずに疲れきって、高級雑貨店〈ハマッカー・シュラマー〉から出てきたときに、かのタイタニック号のごとくに、大学時代からの古い友人で氷山のごとき冷血漢であるマックス・エンドーフィンに出くわしたからである。中年になって丸々と太り、鱈《たら》の目をして、正真正銘のポンパドゥールの髪型ができるほどふさふさの見え見えのかつらをかぶったその男は、私の手を勢いよく握り締めるや最近自分の身に起きた幸運を長々と話しはじめたのだ。「何と言ったらいいかな、あのね、僕、大当たりしちゃったのよ。内面の自己にたどりついて、そっからはもう、ごっきげん」

「どういうことか、わかるように話してもらえないかな？」そう言いながら私は、彼が身に着けている小粋なあつらえのスーツと、すでに進行した腫瘍《しゅよう》の大きさの小指のリングに目を留めた。

「本当は低周波の人間とべらべら話したりしないほうがいいと思うんだけど、ま、僕ら昔ながらの付き合いだし……」

「いま周波数って言った？」

「僕の言っているのは次元のこと。上のオクターブにいる僕らは、死すべき運命にある君ら類人猿相手に——失礼——健全なイオンをばらまかないように教えられているんだ。僕らが遅れた形態を理解しようとしないとか、評価しないっていうことじゃないから。顕微鏡を作って細菌を発見したレーウェンフックのおかげさ。僕の言っている意味わかるかな」そのときエンドーフィンは突然、獲物を狙う鷹《たか》のような鋭さで、タクシーを止められなくて困っていたウルトラ・ミニスカートをはいた脚長の金髪女性のほうに目をやった。

「最新遊泳術で目の前に現れた獲物を手に入れろってか」唾液腺《だえきせん》をサード・ギアに入れながら、彼が言った。

「ありゃ間違いなくヌード・モデルだぞ」突如、心臓発作の予感がして、私は甲高い声を上げた。「あのシースルーのブラウスを見りゃわかる」

「いいから見てろって」エンドーフィンはそう言って深呼吸をひとつすると、地上から浮かび上がりはじめた。私と「ミス七月」の驚きをよそに、彼は〈ハマッカー・シュラマー〉の正面で五十七番街の道路から三十センチも浮揚したのだ。ワイアーで吊り上げているのだろうと思った若いかわいこちゃんは、近づいてきて、甘えた声で言った。

「ねえ、それってどうやるの？」

「これ、これが僕の住所」とエンドーフィンは答えた。「今夜八時過ぎなら家にいるから、寄って。君もすぐに空中に持ち上げてあげるよ」

「ペトリュスのワインを持っていくわね」彼女は猫なで声でそう言うと、二人の密会のために必要な住所を胸の谷間の奥深くにしまい込みながら、腰を振って立ち去っていった。エンドーフィンがゆっくりと地上に下りてきた。

「どうやったんだ？　君は魔術師フーディーニか？」

「まあ、僕はいま親切にもゾウリムシ同然の人間と話をしているんだから、君にすべてを話してやるのもいいかもしれない」彼は慈悲深げに言った。「では、〈ステージ・デリ〉へ参ろうではないか。そして、僕が教えを垂れているあいだに、シュネッケン・パンでも少しやっつけよう」と、ポンという音がして、エンドーフィンの姿が消えた。私は息を飲んで、驚いたときのギッシュ姉妹のように開いた口を手でふさいだ。数秒後、彼がまた現れて、深く詫びた。

「申し訳ない。君ら下流君たちには非物質化して瞬間移動することができないんだったな。僕のミスだ。仕方ない、足を使って歩いていこう」エンドーフィンが話をはじめても、私はまだ自分の頬《ほお》をつねっていた。

「さてと」彼は話しはじめた。「あれは六か月前のことだ。エンドーフィン夫人のオチンチンである僕マックスは、一連の艱難《かんなん》辛苦を舐《な》めたあげくに、感情的にきわめて不安定な状態におちいった。その艱難辛苦の数たるや、ベレー帽をどこかに置き忘れたことまで入れれば、あの受難者ヨブをも超えるほどだった。けちのつきはじめは、僕が液圧応用機械学を個人的に指導していた台湾出身の幸運のクッキーちゃんが、僕をそでにして、見習いパイ職人を選んだことだった。次に、ジャガーをバックさせているときにクリスチャン・サイエンス教会の読書室に突っ込み、総額にして死んだ大統領何百万人分もの訴えを起こされた。さらに、先の地獄の結婚生活から生まれた僕の息子が、金になる弁護士の仕事をやめ、腹話術師になった。そんなわけで、憂鬱《ゆううつ》に沈み込んだ僕は、レゾン・デートル、つまり霊魂の真髄だね、を求めて、町を駆けめぐっていた。そのときだ。不意に、晴天の霹靂《へきれき》のごとくに僕は、『ヴァイブス・イラストレイテッド』の最新号に載っていたその広告とめぐりあったのだよ。それは、僕たちの悪いカルマを脂肪吸引してくれる、一種のスパのようなクラブで、そこでは僕らを、あの全知全能のファウストのように自然を支配することのできる、高周波数の世界に引き上げてくれるのだ。僕は抜け目のない人間だから、普通はそんなペテンに食いつくことはない。だが、調べてみると、そこのCEOは人間の姿をした本物の女神だったもので、僕は、そこに何か悪いことでもあるかって思ったというわけだ。しかも、料金は無料ときてる。そこは現ナマをいっさい受け取らないんだ。組織じたいは基本的にはちょっとした奴隷制度の変形みたいなものだけど、その見返りとして、パワーを全開にしてくれる水晶球がもらえるし、オトギリ草だって、体にまとえるほどもらえるんだ。あ、彼女は人を馬鹿にしているわけではないよ。だったら僕は出ていくからね。そうじゃなくて、それはセラピーの一部なんだ。やがて彼女の従者たちが僕のベッドへもぐり込んできて、僕の知らないうちにズボンの後ろにロバのしっぽをつけてくれた。もちろん、しばらくは物笑いの種だったよ。だけどね、これだけは言わせてほしいんだけど、それは僕のエゴを解き放ってくれたんだ。僕は突如として、自分が何度も前世を生きてきたことを悟ったんだ。はじめは単なるシロカモメとして、次はドイツの画家、大ルーカス・クラナハとして……いや、忘れたけど、小のほうだったかもしれない。何にしても、次に気づいたときには、僕は剝《む》き出しの荷運び台の上で目覚めて、周波数が成層圏に達していたんだ。そして、後頭部にはこの後光みたいなものが射してて、全知全能になっていたんだよ。で、さっそくベルモント競馬場で大儲《おおもう》けしてね、その週のうちには、ヴェガスのベラッジオに顔を出すたびに、僕のまわりに人だかりができるようになっていたっていうわけだ。馬のことで確信がもてなかったり、ブラックジャックでもう一枚カードをもらうかステイするか迷ったときには、天使の共同事業体に助けてもらえばいいんだ。つまりさ、いくら翼がはえてて、心霊体でできていても、競馬の予想屋になれないってわけじゃないっていうことさ。この束、取っといて」

エンドーフィンはそう言って、両方のポケットから、梱《こうり》のようにでかい千ドル札の束をいくつか引っ張り出した。

「おっと、すまない」大量の札束を取り出そうとしたときに、上着から落ちたいくつかのルビーを取り損ないながら彼が言った。

「で、そのサーヴィスに対して彼女はいっさい報酬を取らないって言うのかい？」私の心臓はすでにハヤブサのように脈打っていた。

「まあ、神の化身とはみんなそういうものさ。みんな大物なんだよ」

その夜、わが家の女方からうねりのような呪《のろ》いの言葉を浴びせられ、われわれ夫婦の婚前契約が若年性認知症の突然の襲来にも対処し得るかどうか、急遽《きゅうきょ》シュメイケル＆サンズ法律事務所に問い合わせが行われたにもかかわらず、気づいたときには私は飛行機に乗り、女神が住むという〈最高昇天センター〉を目指して西へと向かっていた。その女神は、ハリウッドの高級ランジェリー・ショップ〈フレデリクス〉にいるような美しい女性で、名前はギャラクシー・サンストローク（銀河系の日射病）といった。彼女の居住空間は奇妙にもあのチャールズ・マンソンと仲間たちのアジトだったスパーン農場に似た打ち捨てられた農場で、そこを見下ろす聖堂に入るよう私に命じると、彼女は持っていた爪《つめ》やすりを下へ置き、長椅《なが》子《い》の上でくつろいだ姿勢を取った。

「お座りなさいな、ハニー」舞踏家のマーサ・グレアムというよりは踊り子のアイリス・エイドリアンの口調で彼女は言った。「で、あなたはあなた自身の霊魂の真髄に触れたいのね」

「さようでございます。そして、周波数を上げ、空中を浮遊し、瞬間移動をして、非物質化する力とともに、ニューヨーク州の宝くじの当選番号を構成する無作為に選ばれた数字を事前に予知するに十分な全知全能が欲しいのでございます」

「あなたは何をして暮らしているのかしら？」評判とは裏腹に、彼女はなぜかすべてのことに通じてはいなかった。

「蠟《ろう》人形館で夜警をしていますが」私は答えた。「見かけほどやりがいのある仕事ではありません」

彼女は、ヤシの葉で彼女に風を送っていた従者のひとりのほうに向かって言った。「坊やたち、どう思う？　彼、いい整備員になると思わない？　浄化槽なんか任せたら最高なんじゃないかしら」

「ありがとうございます」私はひざまずいて、頭を深々と床に押しつけながら答えた。

「よろしい」そう言って彼女が手を打つと、玉飾りのついたカーテンの後ろから、五人の忠実なる従者たちが急ぎ足で現れた。「この男にご飯茶碗を与えて、頭を剃《そ》ってあげなさい。ベッドが空くまで、弱虫たちと一緒に寝るのがいいでしょう」

「かしこまりましてございます」直接ミズ・サンストロークを見ては彼女がそのときすでに始めていたクロスワード・パズルの邪魔になるかもしれないので、私は目を逸らしたまま、つぶやくようにそう言った。私は瞬く間にその場から連れ去られ、これから自分に焼き印が押されるのではないかとほんの少しだが心配になった。

その後私が自分の目で確かめたかぎりでは、そこにはありとあらゆる種類の負け犬たちが溢《あふ》れ返っていた。臆病者、疫病神、何をするにも星占いに頼りきった女優、肥満体、何らかの剥製《はくせい》事件に巻き込まれた男、社会適応できない小人。私たちは全員、上層へ昇ろうとして一日中、至高の女神に絶対服従して努力を続けた。女神はときおり、地上でイサドラ・ダンカンのように踊っているところや、長いパイプをくゆらせて馬のように笑っているのが目撃された。センターの主任シャーマンは、たしか性犯罪者とミーガン法についてのドキュメンタリー番組で見たおぼえのある、ナイトクラブの元用心棒で、信者たちには、その人物からときおり思いついたように何度か呪文が唱えられ按手《あんしゅ》が行われたが、その見返りとして、センターのスタッフが食べる果物や野菜を収穫する一日十二時間から十六時間の労働に従事するとともに、ヌード写真入りのトランプや気泡ゴムのバンパー・クッションやレストランでパンくずを集める道具といった、さまざまな種類の売りやすい商品を作ることが求められた。

私には、排水設備の維持管理という責任ある仕事のほかに、整備員として、センターのあちこちに捨てられたイナゴマメ・バーの包み紙や煙草《たばこ》の巻紙を拾い集めることが求められた。豆もやしと味噌《みそ》とイオン水に偏った毎日の食事には慣れるのが多少困難だったが、兄弟が近くでダイナーをやっているという、布教にさほど熱心ではないラマ僧のひとりに十ドル渡せば、ときおりツナ・サンドをめぐんでくれた。修行は生ぬるく、信者は自己責任で行動することを期待されたが、食事の規則を破ったり仕事をなまけたりすれば、鞭《むち》打ち刑や野外電話への磔《はりつけ》が待っていた。エゴを根絶やしにする儀式の一環として屈辱に次ぐ屈辱が続き、とうとう、アメフト・コーチのビル・パーセルズにうりふたつの巫女《みこ》と結ばれる日が来たと告げられたときに、私はもうこのあたりが潮時だと思った。夜のしじまに、私は仰向けになって大急ぎで有刺鉄線の下を何とかくぐり抜けると、最終便の747を急停止させて、ニューヨークのアッパー・ウェストサイドへと逃げ帰った。

「それでここまでは、非物質化して瞬間移動してきたの？　それとも、あなたの襟元《えりもと》にぶら下がっているのはコンチネンタル航空のカクテル用のナプキンかしら？」妻は、慈悲深い寛容さで若年性認知症の男にそう話しかけた。

「滞在期間が短すぎてそこまではいかなかったんだ」遠まわしに侮蔑《ぶべつ》を込めた妻の言い方にいきりたちながらも、それを軽く受け流した。「だけど、このちょっとした離れ業《わざ》を身に付けるぐらいには頑張ってきたよ」そう言うと私は、床から二十センチほど浮かび上がって、そこで停止してみせた。妻の口は『ジョーズ』のサメのようにぽっかりと開いていた。

「何でもわかった気になっている君のような低周波の人間にはできない業だよ」私は際限のない喜びを感じながらも寛大に、追い打ちをかけた。するとその女は、敵の爆撃を知らせるときのような耳をつんざかんばかりの悲鳴を上げて、この悪夢のような魔術師から走って逃げるようにわが子供たちに命じた。そのときになってはじめて私は自分が下へおりられないことに気づいて、「反」上昇とでも呼ぶべき努力をしてみたが、やはりその動作は不可能であった。そのあとには、『マルクス兄弟　オペラは踊る』の大広間のシーンに近いような大混乱が続き、子供たちは震えて狂ったように泣きわめき、騒ぎを聞きつけた隣り近所の人間たちが大虐殺事件に違いない事態からわれわれを救い出そうとして走り込んできた。その間私はずっと、何とかして自分の体を下へおろそうと力み、道化師のように顔をしかめ体をよじっていた。最後には、見るに見かねたわが伴侶がこのワープを通常の物理学でみずから処置すべく意を決して、隣家のスキーを手に持つと、それを私の頭のてっぺんに思いっきり打ち下ろし、三回で私を地上にたたきつけた。

最近聞いた話では、あのマックス・エンドーフィンもまた、最後に非物質化したあと、元に戻っていないとのことだった。ギャラクシー・サンストロークと彼女の〈最高昇天センター〉については、風の便りによれば、財務省の代理人によって解体され、再生されたか、再投獄されたかしたらしい。私はといえば、再び浮かび上がることもできず、いまだに一度たりとも、ニューヨークの競馬場で六着よりいい走りをする馬の名前を前もって予測することもできずにいる。

身代金はタンドゥーリ・チキン

Tandoori Ransom

漆黒《しっこく》の口髭《くちひげ》をカールさせた痩《や》せこけた男、伝説のアウトロー、ヴィーラッパンは、一世代のあいだ、南インドの無法地帯を駆けめぐっていた……そのヴィーラッパン氏には百四十一件の殺人事件の容疑がかけられている……先週の日曜日、彼は、警察がこれまででもっとも大胆にしてもっとも極悪非道だと言う計画を実行に移した……ヴィーラッパンは何と往年の映画スター、ラジクマール（七十二歳）を誘拐したのである。ラジクマールは、半世紀にわたってヒンズー教の神々や昔年の王たちなど、あらゆる分野の英雄を演じてきたことで、彼自身もまたミステリアスな人物と見られていた。

（『ニューヨーク・タイムズ』紙、二〇〇〇年八月三日付）

ああ、ギリシャの悲劇詩人テスピスよ、わが詩神、わが祝福、わが呪《のろ》いよ！　あなたと同じように僕もまた神々によって芸術に関する鮮やかで豊かな才能を付与されている。生まれながらにして才能と、英雄の顔だちと、バリモア俳優一家の鷲鼻《わしばな》と、歌舞伎役者の柔軟さと華々しさに恵まれた僕は、寛大なるその御手が神の摂理によってわれに与えたもうたものだけに甘んじることなく、古典劇や舞踊、無言劇の上演に飽くことなく没頭した。僕が片方の眉毛《まゆげ》をほんのわずかに動かすだけで、大半の俳優たちが全身を使って表現する以上のものを表現できる、とまで言われている。今日に至るまで、ネイバーフッド・プレイハウス演劇学校の常連たちは、夏の実験上演で僕がイプセンのパーソン・マンダーズを演じたときの心理的な側面を、押し殺した声で事細かに物語っている。役者人生の欠点は、毎日必要な最低限のカロリーを下回りながらも飢えをしのぐために、ラ・シエネガ大通りの疑いを知らぬ者たちの目の前でハエ地獄のごとくにひっそりたたずむブリトー・レストラン〈タコ・ポックス〉で食器を片付ける仕事をしなければならないことである。だからこそ僕は、ハリウッドで最もホットなタレント百貨店であるキャリア・バスターズの腕利きエージェント、ポンティアス・ペリーから留守番電話「電話の友」にメッセージをもらったとき、とうとう自分にもおこぼれにあずかる時がきたのかもしれないと思ったのだ。ペリーが僕に、興行成績の稼ぎ頭たち専用のエレベーターを使ってかまわないので、脇役《わきやく》俳優の隣りで息をして大事な肺を危険にさらす必要はない、と告げたとき、その思いはさらに強まった。もしかしたら彼の用件とは、例のベストセラー小説『漕《こ》げよ、突然変異、漕げ』に関することかもしれない、と僕は予測した。映画俳優組合に所属する男性スターたちがいまこぞって、その小説に出てくるジョシュ・エアヘッドの役をやりたがっている。高貴さと沈着さをほどよく併せ持った僕は、その悲劇の知識人の役にまさにぴったりだった。

「君に向いていると思う役があるんだがね」ハリウッドの超シックな新進デザイナー二人がポストモダンと西ゴート族的インテリアを組み合わせてデザインしたオフィスで、ポンティアス・ペリーは、目の前にいる僕に言った。

「もしそれがジョシュ・エアヘッドの役なら、あらかじめ監督に特殊メークを使うつもりだと言っておいてください。長年冷遇されてきたことですさんだあの人物には、業突張《ごうつくば》りの背こぶとか、二重顎《あご》とかもぴったりくると思うんです」

「いや、エアヘッドの話はダスティンのところへ行っているらしい。これはそれとはまったく違う作品だ。仏像だったか何だったか、その手の偶像の両目のあいだにくっついている月の石のようなもんをかっぱらいでもしそうなアル中が出てくるスリラーだ。脚本の上っ面を読んでみただけだが、情け深き眠りの神モルペウスが俺様をノックアウトする前に、要点はばっちりつかんだよ」

「なるほど、ということは、僕は傭兵《ようへい》を演じるんですね。そういう役なら、昔体を鍛えておいたことが生かせます。さんざんレッスンを受けて派手な剣さばきを習ったことも、いまになってついに実を結びます」

「なあ若いの、はっきり言っとくがな」ペリーは、二メートルもあるピクチャー・ウィンドウ越しに、ロサンゼルス市民が本物の空気よりも好むシロップ色のスモッグを見つめながら言った。「主役をやるのはハーヴェイ・アフレイタスだ」

「ああ、だったら、性格俳優を期待してるんですね。内側からストーリーをぐいぐい引っ張っていく、主人公が信頼して何でも打ち明ける親友ですね」

「あ、いや、そういうことでもないんだ。何と言うか、アフレイタスが照明用に代役が欲しいと言っていてな」

「何が欲しいですって？」

「カメラマンが各シーンの照明を決めるまでの退屈な時間に、目印の上に立っている人間だよ。何となく本人に似ていればそれでいいんだ。そうすりゃ、光と影がぜんぜんでたらめってことにはならんだろ。でもってだな、準備ができて、いざ撮影ってことになったら、そのゾンビは……じゃなくて代役は、そこからおさらばして、金が入ってきて、お役ご免というわけだ」

「なぜ僕なんですか？」と僕はたずねた。「そんなことのために本当に天才俳優が必要なんですか？」

「なぜって、君はどことなくアフレイタスに似ているし……いや、まあ、ルックスに関しては違うかもしれんが、体型が一致するというわけだ」

「少し考えさせていただきます」と僕は言った。「いま、『ワーニャ伯父《おじ》さん』の人形劇でワッフルズ役の声の候補になっているもんですから」

「早く考えてくれ」とペリーは言った。「二時間後にシルヴァナンサプラムに向けて飛行機が出ることになっているんだ。テキサス・メキシコ風のタマーレ料理の店で、テーブルの上に食い残されたエンチラーダを撤去してるよりはいいと思うぞ。どんな役だって現場にいれば、誰が見てるかわからんのだ」

十時間後、逃げ出したコブラを探し出そうと乗務員たちが飛行機中をひっくり返しているあいだ滑走路で待たされたものの、僕は飛行機でインドに向かっていた。今回の映画のプロデューサー、ハル・ローチペイストから直接説明を受けたところでは、主演女優が間際になって愛犬のロットワイラーを一緒に連れていくと言い出したせいで、チャーター機には僕用の席がなくなり、僕の予約は、あの狂ったコマーシャルで人気を博した電気店エディのインド版とも言えるバンダーニ航空に不可触民として入れてあった。そして幸運にも、物乞いの会議に出席した代表者たちが帰国する便に席が取れ、僕はウルドゥ語はまったく理解できなかったものの、彼らが互いの苦悩を比較し合い、互いのお碗《わん》の中身をじっくりと観察し合う姿に感銘を受けたのだった。

飛行機の旅は、乗客を沸騰した原子のように客室の壁にバウンドさせた「軽い揺れ」を除けば、平穏だった。夜が白みはじめる頃、僕はブバネシュワルの間に合わせの滑走路に降り立った。そこからは多少難儀な旅で、まずイチャルカランジまで蒸気機関車で行き、さらにオムカレシュワルまでタンガという小型の二輪馬車で行ったあと、最後のジャラワのロケ地までは簡易担架に担がれていった。僕は撮影隊から温かい歓迎を受け、荷を解く前に、予定に遅れずに照明を決められるよう、そのまま目印のあるところまで行って立っているようにと告げられた。プロ中のプロである僕は、真昼の猛暑の中、丘の上に立って従者の仕事をこなし、休んだのは、日射病にやられそうになりながらお茶を飲んだときだけだった。

撮影第一週の雰囲気の変動は予想したとおり大きなものだった。監督は、アフレイタスの発言のすべてをアリストテレスの著作集に収録する価値があると考え、一つひとつそのとおりに繰り返すいくじなしのイエスマンであることがわかった。僕の考えでは、アフレイタスには主人公の性格のもっとも重要な核とも言うべき部分がなく、彼は、バターファット大佐に自己疑念を抱かせて観客の不興を買う危険は冒さずに、主人公の職業を軍の大佐《カーネル》からサラブレッドの馬主にして飼育家でもある「ケンタッキーのカーネル」に変えてしまった。カシミール渓谷にいる男がどうやってアメリカの三冠レースのひとつであるプリークネス・ステークスを取ったのか、僕にはどう考えてもわからなかったが、どうやら脚本家も相当狼狽《ろうばい》したらしく、ベルトとネクタイをはずさざるを得ない事態に追いこまれていた。役者の命運が九割がた発声にかかっていることを考えれば、僕はここでもうひとつ、アフレイタスの声が不幸にもアデノイド症状特有の甲高い声であり、喉《のど》で発せられたその声はおもちゃの笛のごとくに隔膜にこだましていた、という事実を付け加えておかなければならない。休憩時間に僕は、彼の演じる人物を肉付けするために僕なりに考えた方法をいくつか彼に伝えようとしたのだけれども、それは、撮影終了までにベルギー漫画のスマーフに関する知識をすべて吸収するのだと豪語して解説書を一心に読み耽《ふけ》る彼の関心事とはあまりにも違いすぎていた。夜になると、僕は必ずひとりでタンドゥーリ・チキンとチャイの夕食をカフェでとるようにしていたが、三週目のある晩、現地の美女の誠意を読み違えてしまったようだった。コロンビアのアイドル歌手シャキーラ似の、本物のインド人衣装に身を包んだ彼女は、僕を二本の腕でだきしめてくれたのだけれども、そのあいだにほかの四本の腕が僕のズボンのポケットをひとつ残らずまさぐっていたのである。

撮影も半ばを過ぎると、すべてが大混乱におちいる。その頃、僕らはようやくのことで、原作者がプロデューサーのハル・ローチペイストの血液希釈剤を隠すといった、互いの気質の違いから生まれる衝突を乗り越え、撮影は順調に進みはじめていた。ラッシュの上がりがいいという噂《うわさ》が立ち、ハルの妻のベイブ・ローチペイストは、彼女が見た部分は『市民ケーン』に匹敵する出来だと言っていた。躁状態の陶酔感に酔いしれたアフレイタスは、オスカーを狙う計画を立てはじめたほうがいいかもしれないと言い出し、受賞スピーチを代筆してくれる宣伝係を探していた。

あれは僕がいつものように、カメラマンが照明を調整する目標になるべく、顎《あご》をアフレイタスがするのと同じ角度に突き出して顔を上げ、目印の上に立っていたときのことだった。

左側の野っぱらから、アパッチ・インディアンのような雄叫《おたけ》びを上げて、ターバン野郎たちが興奮してセットに襲いかかってきた。奴らは、ボンベイ・ヒルトンから頂戴してきた灰皿で監督を殴《なぐ》って失神させ、パニックにおちいったクルーを蹴《け》散《ち》らした。次に気づいたときには、頭に袋をかぶせられ、その上から紐《ひも》が器用に結ばれて、僕は肩に担がれてどこかに連れ去られようとしていた。以前役に必要だったので武道を習ったことがあった僕は、不意に素早く動いて着地し紐をほどいて、電光石火の蹴りを繰り出したものの、誘拐犯たちにとっては幸運なことにそれが空《くう》を切った結果、僕はそのまま待っていた車の開いたトランクの中に落下して、すぐに蓋《ふた》が閉められたのだった。インドの猛暑と車のトランクの中にあった密輸品の象牙《ぞうげ》にしたたかに頭を打ちつけた災いが重なって、僕はその場で意識を失った。しばらくして漆黒《しっこく》の空間の中で意識を取り戻したときには、車は山道とおぼしきでこぼこ道をドスンバタン走っていた。演技のレッスンで習得した深呼吸法を実践して、少なくとも八秒間は平静を取り戻したものの、僕は血も凍るような泣き言を並べたてはじめ過度呼吸により忘却のかなたへと飲み込まれていった。やがて頭から袋がはずされたことを僕はおぼろげに覚えている。そこは山の頂にある山賊の洞窟の中で、すごみのある目をした頭目は、映画『ガンガ・ディン』のエデュアルド・チャネッリばりのカールした漆黒の口髭《くちひげ》と精神力を併せ持っていた。偃月刀《えんげつとう》を振りまわすその男は明らかに、にたにた笑う三人の手下どもがしでかしたお粗末な誘拐劇に向かっ腹を立てていた。

「クズめ、ダニめ、ゴキブリどもめ。銀幕のスターを捕らえにお前らを行かせたのに、これがお前たちの土産《みやげ》か？」ハッシッシでハイになったＣＥＯは、風を受けた帆のように鼻腔を膨らませて、どなりちらした。

「親分、お願いです」アブと呼ばれていた不可触民がひれ伏した。

「代役だと。端役ですらない、照明用の立ちんぼさんだと」フロマージュのようにでっぷりと太った頭目が大声でどなった。

「だけど、親分、こいつやっぱりどっか似ちゃいませんか？」被告のひとりが震えながら、甲高い声で言った。

「このバカ！　おたんこナス！　このゴミ野郎ならハーヴェイ・アフレイタスと間違えてもしょうがないとでも言うのか？　そりゃお前な、泥を金だと言うようなもんだろうが」

「ですが、親分、奴らがこの男を雇ったのはほかでもない……」

「黙れ、さもないと舌を搔《か》っ切るぞ。今回の山で五十か、うまくいきゃあ百は稼げると思っていたのに、お前らはこんな才能ゼロ野郎を連れてきやがったんだ。ヴィーラッパンの名にかけて断言するが、こいつは間違いなく一銭にもならないぞ」

ああ、そうだったのだ。この男こそ、前に何かで読んだことのある伝説の山賊だったのだ。殺人に躊躇《ちゅうちょ》することなく、残酷なことにかけては右に出る者がいないのだろうが、才能を評価することにかけてはまったく無能な男だ。

「親分、こいつだって、きっといくらかにはなりますって。奴らの仲間のひとりをバラバラにするって脅せば、いくらなんでも黙って立ち去るってことはないでしょう。たしかに、大手の映画会社には電話をかけてもなしのつぶてだって話はよく聞きますが、一度に一個ずつ体の一部を送りつけりゃあ……」

「もういい、このぬるぬるしたクラゲ野郎め」凶悪な盗賊の頭目は怒りを込めて言った。「アフレイタスはいま乗りに乗っているんだ。奴はいま二本続けて、小さめのマーケットで確実に当たった映画に出ている。いまここにいるネズミ野郎じゃ、ヒヨコ豆ひと粒でも手に入りゃ御《おん》の字ってもんだ」

「申し訳ありません、親分」途方に暮れたヴィーラッパンの子分が泣きを入れた。「照明がこいつに当たったときに、角度によっては、いわゆる映画スターの輪郭のようなもんが浮かび上がったように見えたもんですから」

「あの男にはカリスマのかけらもないってことがわからんのか？　アフレイタスがボイスとかユマのような場所に足跡を残すには理由があるんだ。それがスターの威信っていうもんだろ。このあほんだらは、タクシーの運転手か電話応対係として働きながら、一生やってこないビッグ・チャンスを待ってるような男なんだよ」

「あの、ちょっとよろしいでしょうか」僕は、二十センチもある黒いマスキング・テープを貼《は》られていた口でそう叫んだが、本題に入る前に、水パイプで脳天に強烈な一撃を食らっていた。そのままヴィーラッパンが話しつづけるあいだ、僕はじっと押し黙っていた。愚かにもへまをやらかす人間はひとり残らず打ち首に処せられるべきだ、と彼は慈悲深く宣言した。僕に関しては、身代金の要求額を下げて、むこうが払うかどうか二、三日様子を見てはどうか、と一味の会計係が進言した。払わなければ、僕を裏ごしにする、という計画だった。ハル・ローチペイストのために僕がしてきたことを考えれば、同僚が虐待を受けるのを会社が見殺しにするはずはなく、すでにアメリカ大使館に接触して山賊たちのどんな法外な要求にも当然応じるであろうことに僕は確信をもっていた。けれども、五日間にわたって何の反応もなく、その間に、ヴィーラッパンのスパイから、脚本家が脚本を書き直し撮影班はすでに立ち去ってオークランドに移動したという報告がもたらされると、僕は不安を感じはじめた。噂では、ローチペイストはインド政府に苦情を言って迷惑をかけるのを望んでおらず、町をずらかるさいに、身代金を一セントでも払うこと以外なら、僕を解放するためにできることは何でもすると明言したのだと言う。身代金を支払えば厄介な前例を作ることになりかねないと彼は考えていた。そんな僕の苦境を伝える記事が『バックステージ』誌の後ろのほうのページに埋め草として載ると、政治的に活発なエキストラの面々がそれを非道な行為と見なし、夜を徹して抗議行動を行うと宣言したのだけれども、彼らには、必要なロウソクを買うのに十分な小銭を調達することができなかった。

それなのに、どうして僕が、ヴィーラッパンの支払期限と僕の肉体への渇望をくぐり抜け、ここでこの話をしているのか?と言えば、それは、そこいら中にいる狂暴な山賊たちが短剣を研ぎながら僕の体を図解しつづける中で本番まであと三時間の猶予となったときに、紐で縛られていた僕が不意に、ターバンと覆面のあいだからこちらを見つめる二つの黒い目に起こされたからである。

「坊や、急げ、声を上げるな」侵入してきた男が、インドのボパールよりはブルックリンのグリーンポイントに近い抑揚でささやいた。

「誰なんだ?」僕は訊《き》いた。ドライカレーとホットカレーの乏しい食事が続いたせいで僕の感覚はすでに麻痺《まひ》していた。

「急ぐんだ。その服は脱いで、一緒に来い。声は出すなよ。ここには人間のクズが溢《あふ》れ返っている」

「まったくだ」僕はそう甲高い声で答えながら、それが僕のエージェント、ポンティアス・ペリーの声だと気づいた。

「急ごう。明日〈ネイトゥン・アル〉でゆっくりできる」

そんなわけで僕は、仕事の代理人の巧みな手引きで、悪党の中の悪党ヴィーラッパンの手で解剖される絶体絶命の事態から脱け出したというわけである。

翌日、ロサンゼルスのレストラン〈ネイトゥン・アル〉で腸詰《ちょうづめ》をむさぼり食べながらペリーが、ミスター・チョウの家でセデルの祝いをしているときに、僕の苦境の話を聞いたのだと話してくれた。

「まったくひどい話だと思って癪《しゃく》にさわってな。そのとき俺は、若い頃、自分があの安っぽい厚紙でできた口髭をよくつけていて、学校中の人間から、インドのハイデラバッドの君主ニザムに気味が悪いほどよく似ているってからかわれていたことを思い出したんだ。どっちにしたって電球が切れちまえば、あとは漆黒の闇だ。もちろんそうは言っても、俺はあっちこっちで口からでまかせを言わなくちゃならなかった。ハイデラバッドの君主は、ほら、もう死んでずいぶん経《た》つからな。だが俺はエージェントだから、口からでまかせなんて朝飯前っていうわけだ」

「だけど、どうして僕のために命を賭《か》けてくれたんですか?」ペリーの言い分にかすかに胡《う》散臭《さんくさ》さを感じて、僕はたずねた。

「そりゃあ、君がいないあいだに映画の主演の話を取ってきてやったからさ。苦労したんだぞ。麻薬戦争の映画で、撮影はすべてコロンビアのジャングルだ。反メデリンの戦いだよ。映画の撮影隊が来たら役者を何人か殺す、という血の誓いをむこうの暗殺隊が立てたのもそのためだと俺は思うんだが、監督は脅しにすぎないと言って取り合っちゃいない。何人の俳優が出演を見送ったかまでは知らんが、こっちはそのおかげでギャラを相当吊《つ》り上げられたよ。おい、どこへ行くんだ」

僕は猫のように素早く外のスモッグの中へ消え、新聞を買いに走って求人欄をチェックした。ヴィーラッパンが言っていたようなタクシーの運転手か電話応対業務にたぶん空きがあるだろう。たしかにそれでは、ポンティアス・ペリーにとっては十パーセントの取り分がはるかに少なくなると思うが、少なくとも朝起き抜けに僕の耳がフェデックスで送りつけられるようなめにはあわずにすむだろう。

サム、ズボンが芳しすぎるぜ

Sam, You Made the Pants Too Fragrant

たとえばフォスター・ミルという会社は最近、伝導性のある布地を考案した。どの繊維も電流を通すため……アメリカ人はいずれ……自分のポロシャツから携帯電話の充電ができるようになる。また、テクノロジカリー・イネイブルド・クロージング社は……「水分補給システム」を内側に備えたベストを開発した。裏にペット・ボトル用のポケットがついていて、ストローがベストの襟《えり》の中を通って、着ている人の口まで伸びているのである。

来年にはデュポン社が、嫌なにおいを一時的に封じ込めるファブリックを発売する。これによってたとえば、煙草《たばこ》の煙が立ち込めるバーでひと晩を過ごしたシャツを着ていても、春の草原で時を過ごしたような香りを漂わせて朝の五時に帰宅できるようになるだろう。デュポン社の技術者たちはまた、酒をこぼしてもそのままはじいて落とす、テフロン加工のファブリックもすでに開発を終えている。

いっぽう韓国のコロン社では、不安を鎮めるハーブ加工を施した「芳しいスーツ」の開発を終えている。

（『ニューヨーク・タイムズ・マガジン』二〇〇二年十二月十五日付）


しばらく前に僕はレッグ・ミリーピードにばったり出くわした。レッグはジョリー・オールドで過ごしたあののどかな日々のゲーム仲間で、当時僕は『ドライ・ヒーヴス――ご意見ジャーナル』という雑誌で詩を担当するれっきとした編集者だった。実を言えば、僕ら二人は、彼の名前を冠した通りにある〈ペア・オブ・シューズ〉とか〈カーゾンズ卿クラブ〉で、ホイストやラミーといったトランプ・ゲームで組んで勝てるほどの仲だった。

「ときどき君のいる街へ行ってるよ」パーク街と七十四番街の角でミリーピードが言った。「たいていは仕事でね。僕はいまワイト島にある最大級の遺体安置所の顧客担当の副社長なんだ」

それから一時間ほど僕らはお互いにとって心地よい思い出話に耽《ふけ》った、と言いたいところなのだが、そのあいだに僕は、彼がときどき顔を左下に傾けては、襟《えり》の折り返しの下に目立たないように隠されている吸い口と思われるものから何か飲み物をすすっているのに気づかずにはいられなかった。

「大丈夫かい？」僕はとうとう、彼が何か口に出せないほど恐ろしい事故にあって最新式の歩行携帯装置四号でもつけているのではないかと半ば期待して、たずねずにはいられなくなった。「何かの点滴でも受けてるの？」

「これのことか？」胸ポケットのほうを指さして、ミリーピードは言った。「けっこう目ざといんだな。いや、これは、単なる機械工学裁断の傑作だよ。そりゃあ君だって、医療関係者が突然こぞって、大量に水を飲めって言い出したことは知ってるだろ。何でも腎臓にいいみたいだし、ほかにもいいことが無数にあるようだ。でもって、この熱帯用のウーステッド地の服は、水分補給システムを内蔵しているっていうわけだ。ズボンの左脚のところに貯水用のタンクがついていて、いろんな管が腰のまわりをめぐって、肩パッドに巧みに縁縫いされたコックのところまでつながっているのさ。でもって、ズボンの内側の縫い目にデジタル・コンピューターが縫い込まれていて、それでプリーツのすぐ裏のポンプを作動させれば、光ファイバーのストローにエビアンが流れ込んでくるというしかけだ。裁断が絶妙なもんだから、いまでもまだ型が崩れない。君だって、着ているもので育ちのよさがわかるっていう意見には賛成だろ」

ふだんはUFOを見たという話を聞いたときにしか発揮しないような疑り深さでミリーピードのスーツを調べた僕は、それが奇跡の輝きを発していることを認めざるを得なかった。「ロンドンのサヴィル・ロウに、まさに驚嘆すべき仕立て屋があってね」僕のてのひらにこの住所を押しつけながら、彼は言った。「バンダースナッチ&ブッシェルマンっていうんだ。ポストモダンのファブリックだよ。君は間違いなく、自分のワードローブ全体を作り変えたくなるだろう。いま君がこれ見よがしに大事そうに身に着けているエメット・ケリーの陳腐な服から判断すると、それも悪い考えじゃないかもしれないよ。忘れずに僕の紹介だって言って、ビンキー・ペプラムに担当してもらうといい。彼なら君の財布の中身に見合った仕事をしてくれるよ。じゃ、どうも」

昔のよしみで僕は、ミリーピードが口にしたエメット・ケリーの悪口に腹を抱えて笑うふりをしていたが、内心では彼を串刺しにしてやりたかった。僕の服をまるでピエロの服装のように言った彼の不愉快な言葉はサソリの尻尾《しっぽ》のように僕の胸に突き刺さり、僕は飛行機のマイルが海外へ行けるだけたまったらすぐにもあつらえの服に投資することを決意したのだった。その夢が夏の終わりに現実になり、とうとうサヴィル・ロウのバンダースナッチ&ブッシェルマンのハイテク仕様の入口を入っていくと、販売員だかギャバジンを着たカマキリだかわからない男が、まるで細菌培養用のペトリ皿で培養されている人間を見るような目つきで僕をまじまじと見つめた。

「また迷子のお出ましだぞ」その男は大声で同僚に言った。「半ギニー差し上げたら、その金でスープを一杯買って、ビールには使わないと約束いただけますかな?」判事席から聞こえてくるような声で彼は僕に向かって言った。

「僕は客だよ」僕は赤面しながら甲高い声で言った。「ワードローブを新しくしようと思ってわざわざアメリカから来たんだ。レッグ・ミリーピードの友達でね。ぜひビンキー・ペプラムさんを指名するように言われて来たんだ」

「ああ」店員はそう言って、僕のジャガーが停《と》めてある場所を確かめようとした。「見ても無駄だな。そう言えばたしかに、そんなストライプの服を着た人間が立ち寄るかもしれないから注意してくれってミリーピードが言ってたな。そうだ、間違いない。センス・ゼロで……ちび助で……そうだ、そうだ、完璧に思い出したよ」

「たしかに僕はしゃれ者になろうとしたことは一度もない」と僕は弁明した。「僕はただ気のきいた服を一揃《ひとそろ》いあつらえようと思って採寸してもらいに来ただけなんだ」

「何か特別な香りをお望みですかな？」同僚にウィンクして注文書を取り出しながら、ペプラムが言った。

「香り？　とんでもない。クラシックなブルーの三つ揃いで、カットもトラディショナルなのがいいんだ。それからシャツも何枚かいただきます。そんなに高くなければ、海島綿のものがいいかなと思ってたんですが……。さっき香りと言われたから言うわけじゃありませんが、ここはほのかに乳香と没薬《もつやく》の香りがしますね」

「私のスーツですよ」とペプラムが言った。「うちの新製品はヴァラエティに富んだ香りを提供しているんです。夜咲きジャスミンに、薔薇《ばら》の精に、メッカのバルサム。ラムズボトム、ちょっと来てくれ」指示があるのを待ちうけていたように、別の販売員が飛んできた。「このラムズボトムはいま、焼きたてロールパンを着ておる。もちろん、その香りをということだがね」

僕は前かがみになって、オーヴンで焼いたパンの香ばしいにおいを試香した。「とても美《お》味《い》しそうなスーツですね。というか、素晴らしいモヘアです」僕は言った。

「パチョリでも煮返したポークでも、お望みの香りをたっぷり染み込ませてあげられますよ。ありがとう、ラムズボトム」

「僕はただのブルーのスーツでけっこうです。ふだんはグレーのフランネルのスーツなんですけどね」そう言って僕はおちゃめにニタリと笑ってみせた。

「バンダースナッチ&ブッシェルマンでは、シンプルな服は扱っていないんですよ」ペプラムは、いわくありげに僕のほうに体を寄せながら言った。「どうか、野蛮人の群れにとどまらないでいただきたい」店のマネキンが着ていたピン・ストライプの粋なジャケットを脱がせると、ペプラムはそれを僕に向かって差し出した。

「さあ、これを着て、しみをつけなさい」

「ジャケットにしみをつけるんですか?」

「そうだ。あなたのことをほとんど知らなくとも、あなたが自分の服にシミをしこたま沈殿させる男であることはわかる。たとえば、乳脂肪、接着剤、チョコレート・クリーム、安物の赤ワイン、ケチャップ。違うかね?」

「服にシミをつけやすいと言っても、まあ人並みだと思いますが……」僕は口ごもりながら言った。

「それは比べる人間がどれくらいだらしないかによる」ペプラムがすかさず言った。「試しにこれでやってみるといい」そう言って彼は、種々雑多なソースと軟膏《なんこう》が載った組み合わせプレートを僕に手渡した。それはどれも衣類にとっては存在を脅かされかねない代物《しろもの》だった。

「ほんとにいいんですか?」

「いいとも。さあ、ブラックベリー・ジャムをべっとりそのジャケットにつけたまえ。フォックスのユーベット・シロップでもいい」長年守ってきた社会的なしきたりを破る勇気を奮い起こして、僕は車軸油をたっぷりとジャケットの上に落としてみたが、結局のところそれはジャケットにくっついたり跡を残したりすることはなかった。煤《すす》やトマト・ジュース、歯磨き粉、墨汁でも同じだった。

「同じことを君の服にした場合と違いを比べてみるといい」ペプラムはそう言って、醤油《しょうゆ》ソースを気前よく僕のズボンの上に振りかけた。「どれくらい生地を変色させてシミになるかに注意して」

「わかりました、わかりました、そりゃあもうぞっとするほどです」僕は呆気《あっけ》にとられて言った。

「そのとおりだ」ペプラムが嬉しそうに言った。「もう完全におしまいとなれば、数百ポンド余計に出して、胸当てをつけてみようかだとか、普通のドライクリーニングにもう一回出してみようかなどと考える必要がなくなる。ビクーニャのスポーツ・コートにチビたちが手で絵の具をべったり塗っちまったときもだ」

「僕はビクーニャのスポーツ・コートなんて欲しくありませんし」と僕は言った。「そんな高いお金を出すよりは、ナフタリンに賭《か》けてみたほうがいいと思います」

「それはそうと、うちにはどんなにおいも寄せつけない生地もあるんだ。あなたのとこの奥さんがどんな女かわからんが、まあ、想像はつく」

「とてもきれいな女性です」僕は間髪入れずに答えた。

「ま、何というか、すべては相対的なものだ。同じ顔を見ても、私には、生餌《いきえ》を扱う店のセール品のように見えるかもしれん」

「ちょっと待ってください」僕は抗議した。

「一般論を言っているだけだよ。いまここに、受付嬢がひとりいるとしよう。どうしても目が行ってしまうようなお尻をして、脚は長く小麦色で、胸の谷間は大きく、唇は厚い。しかもその女はいつも舌で唇を舐《な》めている。うまく想像してもらえたかな、そういう女を?」

「たぶん、何となくは」僕は力なく言った。

「たぶん? 巡礼の友よ、それじゃ、もう少し写実的に描写させてもらおう。ニューヨーク、ニュージャージー、コネティカット三つの州にまたがる例の地域にあるあちこちのモーテルで、お前さんはカワイ子ちゃんを手玉に取っている」

「僕はそういうところには一度も……」

「大丈夫。秘密をバラしたりはしないよ。で、お前さんが帰宅すると、お前さんの足枷《あしかせ》さんはタッターソール模様のベストにほのかにケルク・フラールの香水の香りがするのに気がつく。途端に女の直感が働きはじめる。違うかな？　そして気づいたときにはあんたは、慰謝料地獄から脱け出そうと必死になってあがいているか、最愛の不死なる人が逆上して、気づいたときには、まなこのあいだに化膿性の窩《あな》のあいた、あの古いウィーギーの写真の中の男のようになっている」

「それは僕にとっては現実的な問題ではありません。僕はただ、特別な機会に着られる優雅でくつろいだ服が欲しいだけなんです」

「そうだろう、そうだろうよ。しかし、未来にも目を向けないとな。うちではただスーツを作るのではなく、ポストモダンな状況に見合った服を顧客に提供しているのだ。お前さんの職業は何だったかな、ミスター……」

「ダックワースです。ベンノ・ダックワース。たぶん、短短長二歩格で書いた僕の本を読んだことがおありでしょう」

「とは言えんが、お前さんが気分の変わりやすい男だということはもうよくわかっている。むらっ気というか、あえて言えば躁鬱症《そううつしょう》だな。違うと言うのは間抜けだぞ。われわれが一緒にいた短いあいだにも、お前さんの精神状態は優しくて思いやりがある状態からピリピリした緊張状態へ、いや、それなりのことがあれば、人殺しでもしかねない状態にまで揺れ動くのが私にはわかった」

「ペプラムさん、僕の精神状態は安定しています、間違いありません。いま手は震えているかもしれませんが、それは、僕が欲しいのはブルーのスーツだけで、環境ではないからです。僕の才能がまだ過小評価されていることをにおわせるものであれば、それでいいんです」

「だったら、ここにうってつけの物がある。きめの細かいスコットランドのウールだが、気分を高揚させるうちの極秘のカクテルを入れて織ってあるので、いつも幸福感いっぱいでいられるんだ」

「それは、これといった理由のない幸福感ですね」僕は声に、こみ上げてきた皮肉を込めて言い返した。

「いや、スーツがその理由を提供するのさ。いいかね、あんたがクレジット・カードがいくつも入った財布をなくして帰宅したら、愛車のランボルギーニがめちゃくちゃにされていたうえに、子供たちの顔をもう一度拝みたいと思ったら純資産の八倍もの身代金を払えと書かれたメモまで見つかった。だがこの服さえ羽織《はお》っていればユーモアの精神や愛想のよさを失うことはけっしてない。いや、きっとその苦境を楽しみさえするはずだ」

「それで子供たちは？　子供たちはどこにいるんです？」僕は恐ろしくなってたずねた。

「縛られ、さるぐつわをされて、地下室にいるんですか？」

「そんなことにはならないだろうよ。うちの抗鬱着《こううつぎ》に優しく守られているうちは少なくとも」

「そうでしょうね」と僕は相手の言葉を軽く受け流した。「でも、そのスーツを脱いだら、離脱症状を体験することになるんじゃないですか？」

「まあ、そうだな、たしかに、ジャケットを脱いだ途端、内向きになりがちなひ弱な姉妹は何組かいる。でも、それがどうかしたのか？　すべてをお終いにしようなんて考えたことがあるのか、あんた？」

「ええ、まあ」言いながら僕は非常口のほうへ後ずさった。「すべてをお終いにするということなら、僕はもう行かないと。うちにペットのアライグマがいて、ミルクをやらないと死んでしまうものですから」出ていくのを邪魔立てする動きが見られたときに備えてポケットの中の催涙スプレーに手をかけながら、僕はふとそこに、ペプラムがまだ見せてくれていなかった素晴らしいネイビーの布見本があるのに気づいた。

「ああ、これかね」僕がそれについてたずねると、ペプラムが言った。「この糸は何千本もの導線を縒《よ》り合わせてできているんだ。この糸でできた服はただ身にまとうだけじゃなくて、電話をかける前に袖《そで》でこするだけで携帯に充電することもできるんだ」

「たぶん、それだな、僕が欲しかったのは」僕はそう言いながら、スタイリッシュで同時に実用的でもあり、同僚たちにもそれとなく僕が正真正銘の前衛運動の一員であることを伝えられる完成品を頭の中で思い描いていた。決め手をつかんだと見たペプラムは、取り出した注文書を僕のほうへ寄こして取引を終了させて死に至る絶体絶命の経済状態に僕を追い込もうと試みた。僕が小切手を取り出して彼の差し出したモンブランを受け取り、この仕立て服の大成功を夢見て胸を高鳴らせていると、別の部屋からそこへ、ありとあらゆる色を失って飛びこんできたのは、ほかでもない、ラムズボトムその人だった。

「ビンキー、問題が起きた」彼はそう小声でささやいた。

「死人のような顔をしてるぞ」ペプラムが言った。

「うちの携帯充電スーツですが」ラムズボトムは泣きそうな声で言った。「昨日販売したやつですが、覚えてますか？　ミクロな導線を編みこんだカシミアの。こするだけですぐに携帯が充電できるというあれです」

「いまはちょっとな」ペプラムは咳払《せきばら》いをしながら言った。「いまはその……なんだ……」そう言いながら彼は僕のほうへ目をまわした。

「はあ？」ラムズボトムは口ごもった。

「いいか、いまも人は一分ごとに生まれている」ペプラムがすかさず言った。

「ああ、ええ、それはたしかに」不安そうな同僚がぺらぺらしゃべりはじめた。「ただ、うちの携帯充電スーツを着た男がショールームを出て、車のハンドルに触った途端、バッキンガム宮殿まで吹っ飛んだだけのことです。いま緊急治療室にいます」

「ああ」ペプラムは黙って、問われる可能性のある法的責任を素早く計算した。「おそらく、かような服を着ているときに金属に触ったら致命的だということを知らなかったのだろう。そうだ、事のしだいを家族に連絡してあげなさい。法的な問題は私のほうで処理しておく。導線スーツを着た客が生命維持装置につながれるはめになったのは、今月これで四人目だな。さてと、何をしていたのだったかな？　そうそう、ダックソースだか、ダクビルだとかいう男と……いったいあの男はどこへ行ってしまったんだ？」

探せるなら探してもらおう。ズボンの中に高圧電流を感じた僕はまさしく一目散にバーニーズへとすっ飛んでいき、値下げされていた三つ揃いの既製品を一着買った。その服には、糸くずを拾い集めることを除けば、ポストモダンなことなど何ひとつない。

売文稼業

This NIB for Hire

ドストエフスキーはサンクトペテルブルグでルーレットをやりたい一心で金のために小説を書いたと言われている。フォークナーとフィッツジェラルドもまた、張りぼての興行的成功を夢見て西部に連れてこられた代書屋たちでホテル〈アラーの園〉を満杯にしていた貧民出身の大立者たちにその才能を貸し出していた。その真偽のほどはともかくとして、数か月前に電話が鳴ったとき、みずからの高潔さを一時的に抵当に入れていた天才たちに関するそうしたほのぼのとした言い伝えが、僕の脳皮質のまわりを跳びまわっていたことは間違いない。そのとき僕は、いつの日にか書かなければならないあの偉大な本のために、何か価値のあるテーマをわが詩神からひねり出そうとして、アパートの中をあてどなく歩きまわっていた。

「ミールワーム?」電話のむこうから、細巻きの葉巻をくわえているに違いない唇を通って、がなり立ててるような声が聞こえてきた。

「ええ、フランダース・ミールワームです。どなたでしょう?」

「E・コリー・ビッグスだ。この名前を聞いて何か思い当たるかな?」

「いえ……具体的には……」

「まあいい。私は映画のプロデューサーだ。それも大物だ。『ヴァラエティ』は読んどるか? ギニアビサウ共和国では興行収入第一位の大ヒットをかっ飛ばしている者だ」

「正直に申し上げると、僕はもう少し文学方面に親しんでおります」と僕は言った。

「うん、わかっとる。『ホックフレイシュ家の歴史』を読んだ。それでちょっと折り入って話がしたいと思ったというわけだ。今日の三時半にカーライル・ホテルへ来てくれ。貴賓室《きひん》だ。オジマンディアス・フーンという名前で泊まっておる。このあたりのおかしな連中に脚本攻めにされてはかなわんからな」

「僕の電話番号がどうしてわかったんですか?」僕はたずねた。「電話帳には載せていないんですけど」

「インターネットを見たのさ。君の結腸内視鏡のレントゲン写真の横に載っておった。とにかくこっちの指示があったらすぐに形にしてくれればいいんだよ、オタク君。そうすりゃ、じきにわれわれ二人とも、あれもこれもひしゃくですくってスープ鍋《なべ》の中に放り込めるようになるだろうよ」そう言うと彼は、僕の耳管を歪《ゆが》めるのに十分な速度で、受話器を受け台に置いた。

E・コリー・ビッグスという名前など僕にとっては金輪際《こんりんざい》何の意味ももたないという事態

もまったく考えられないことではない。すでに明らかにしたように、僕は映画祭やスターの卵たちのあいだを吹き抜けるきらびやかな旋風のような存在ではなく、質実剛健で真面目な吟遊《ぎんゆう》詩人の典型のような存在だからである。僕は何年もかけて崇高な哲学を主題にした小説を数冊「量産」したが本にはならず、ようやくのことでガラクタ出版から処女出版の機会を与えられた。一人の男が過去に旅をしてイギリスのジョージ王のかつらを隠し、それによってアメリカ植民地を苦しめる印紙税法の成立を促進させる、という内容の僕のその本は、明らかにその辛辣《しんらつ》さで体制の羽毛を逆なでにした。それでも僕はいまでも自分を新進の不屈の才能だと思っているし、カーライル・ホテルへ出て来いというビッグスの命令についてあれこれ思案するのは、ハリウッドの俗物のカモノハシに身を売るようなものではないかという警戒心も抱かせた。もしかしたらあの男は僕の霊感を借りて瞬く間に台本を仕上げることを夢見ているのではないか、と思うとむかついたし、それは僕の自尊心を害しもした。だが、何はともあれ、『グレート・ギャツビー』や『響きと怒り』の先達たちが、名声に飢えた西海岸のお偉いさんたちのおかげでストーブを温めることができたのだとすれば、ミールワーム夫人のおくるみが温められたとて何の不都合があるというのだろうか？　僕は、雰囲気や人の性格に対する自分の勘が、映画会社のゴロツキどもがばらまく甘い誘惑の前で瞬時に働くことに絶対の自信をもっていたし、僕の家の炉棚の上には、いまや永久にお辞儀をしたままになっているプラスチックのお辞儀鳥よりも黄金の小像が飾ってあったほうが、それはたしかに見栄えがいいかもしれない。それに、本格的な執筆作業をほんの束の間だけ中断して、僕の『戦争と平和』や『ボヴァリー夫人』を書くための資金源を蓄えるという発想は、一考にも値しない不合理なものというわけでもなかった。

というわけで、肘当《ひじあ》てのついた作家らしいツイードのジャケットにアイルランドのコネマラ帽といういでたちで、僕は、自称大立者E・コリー・ビッグスにお目通り願うためにカーライル・ホテルの貴賓室へと上っていったのだった。

ビッグスは、かつら会社の無料特設電話でだけ注文できるに違いないつけ毛をつけた、プリンのような太っちょだった。さまざまな種類のチックが、予測不可能なモールス信号の点と線のように、彼の顔に動きを与えていた。パジャマとホテルのタオル地のローブに身を包んだ彼のかたわらには、奇跡的に美しく加工された金髪の女がいた。彼女は秘書とマッサージ師を兼ねていて、どうやら、慢性的に滞っている彼の湾曲部の通りをよくするために必要な、どんな愚か者でも絶対に間違いようのない手順を、いま終えたばかりのようだった。

「さっそく本題に入らせてもらうよ、ミールワーム」そう言って彼が寝室のほうを顎《あご》で示すと、むっちりとした彼の囲われ者は立ち上がって、たったの二分間ガーターベルトを直すのに立ち止まっただけで、よろめくように寝室のほうへ去っていった。

「言いたいことはわかってますよ」僕はヴェーヌスベルクのように高い山の上から下界へ降りていきながら言った。「あなたは僕の本を読んで、あまりにも映像的なその文章のとりこになり、僕にシナリオを書いてもらいたいと思った。しかしながら、もちろん、たとえ数字的には申し分なく折り合ったとしても、芸術性に関しては百パーセント、僕のほうで支配権を主張しなければならないことはおわかりいただけると思います」

「ああ、ああ」ビッグスは僕の最後通牒《つうちょう》を手で払いのけるしぐさをしながら、もぐもぐと言った。「ノベライゼーションというのは知っとるかね？」胃の制酸剤タムズのふたを開けながら彼がたずねた。

「よくは知りませんが」僕は答えた。

「映画の数字がよかったときにだな、プロデューサーがゾンビを一人雇って、映画を本にさせるということだ。ま、言ってみれば、低俗な人間にターゲットを絞ってペーパーバックで一儲《ひともう》けするということだよ。空港とかショッピング・モールの棚に置いてあるガラクタを見たことあるだろ」

「ああ……」僕は、腰のあたりに、はじめは何でもないように思える鬱屈《うっくつ》が起こりはじめているのを感じていた。

「だが、私はだな、もともとお屋敷に生まれた人間だ。単なる職人なんかとは取引しない。私が取引するのは本物だけだ。そこで私はいま、君の最新刊の大著が先週、ある田舎町の小さな店で私の青い目を引いたことを伝えるためにここにいるというわけだ。実を言うと私はいままで、最終処分コーナーで売れ残っている本を見たことはなかった。もちろん全部に目を通したというわけではないが、ナルコレプシーが襲ってくる前に三ページ読んだだけで、私には自分がいま、パパ・ヘミングウェイ以来のとんでもない文章家の本を手にしているということがわかったのだ」

「正直言って」と僕は言った。「ノベライゼーションの話なんてこれまで聞いたことがありません。僕の仕事は本格的な文学です。ジョイスにカフカにプルースト。それから僕のはじめての本に関して言わせてもらえば、いずれ『床屋ジャーナル』の文化欄の編集者が……」

「そうとも、そうとも。しかしながら、シェイクスピアといえども食わねばならない。大傑作を生み出す前にくたばってしまわんようにな」

「ああ、ちょっと水をいただけないでしょうか。最近はかなり精神安定剤のお世話になっているものですから」

「いいか、坊や」ビッグスは声量を上げ、ゆっくりと抑揚をつけて話しはじめた。「世界中のノーベル賞受賞者が私のために仕事をしている。だからこそいまの彼らがあるんだ」そのとき、彼のグラマーな秘書が控えめに顔を出して、歌うように言った。「E・コリー、ガルシア・マルケスから電話よ。食料貯蔵室の食料が空っぽなんですって。ノベライゼーションの仕事をもっとまわしてもらえないかどうか知りたいそうよ」

「ガルシアにはあとでかけると言ってくれ」プロデューサー氏はぶっきらぼうに答えた。

「それで、いったい僕にどんな映画のノベライズをやれと言うんですか?」僕は喉《のど》を詰まらせながら、引きつるような声で言った。「ラブ・ストーリーですか？　ギャングもの？　それとも冒険活劇ですか？　僕は描写がうまいと評判なんです。とくにツルゲーネフ流の牧歌的な素材は」

「よくも俺様に露助の話をしてくれたな」ビッグスは思わず声を張り上げた。「去年俺はブロードウェイで『悪霊』の「スタヴローギンの告白」をミュージカルにしようとしたんだが、後援者が全員、突然、豚《ぶた》インフルエンザにかかっちまった。まあ、それはいいとして、俺が考えている策略はこういうことだ。俺はたまたま一九三〇、四〇年代に短編映画に出て人気を博したスリー・ストゥージズ、例の三ばか大将の昔の映画の権利を持っている。何年も前にカンヌでレイ・スタークとカードをやって手に入れたんだ。あれは、三ばか大将にはもってこいのお笑い映画で、映画館と海外のテレビと国内のテレビの三つで流してさんざんプロテインをかっ食らわせてもらったんだが、俺はまだ小説からもおまけが搾《しぼ》り取れるんじゃないかと思っているというわけだ」

「スリー・ストゥージズの小説？」信じられない思いで僕は言った。僕の声は横笛の音程にまで跳ね上がっていた。

「奴らが好きかどうかなんて君に訊《き》く必要はない。奴らはもうれっきとした古典なんだ」ビッグスはおごそかに言った。

「僕が八歳のとき」僕は立ち上がり、ポケットを上からたたいて緊急用の頭痛薬のありかを確認した。

「まあ、いいから、待て。まだストーリーを聞いとらんだろ。その映画はだな、ある幽霊屋敷でひと晩を過ごすという話なんだ」

「そうですか」僕は急いでドアのほうへ向かいながら言った。「実はちょっと約束に遅れていて……友達がいま納屋《なや》を建てていて……」

「君にその映画を見てもらおうと思って試写室を予約してあるんだ」いまやすでに正真正銘のパニックへと変わっていた僕の抵抗を無視して、ビッグスは言った。

「いえ、けっこうです。そんなことしたら、スターキストのツナ・スナックの最後のひと缶にまで頼るはめになるかもしれません」僕は早口にしゃべったが、お偉いさんに遮《さえぎ》られた。

「しゃらくせえぜ、坊や。こいつが俺様の鼻の合図と同じくらい金になることがわかれば、あとはもう宝の山なんだ。あの三人のいかれポンチどもはわんさか短編を撮ってるからな。メールを一本送るだけで、そのノベライゼーションの権利が全部俺の手に入るんだ。そして、メイン・ライターはおたくってわけさ。たった六か月で、残りの一生を芸術を搾り出すのに費やせるほど狂気じみた金をため込むことだって夢じゃない。ほんの数ページでいいから、あんたの才能を信じる俺様を納得させるようなサンプルを書いてみてくれ。もしかしたら、あんたの手でノベライゼーションがついに芸術として成熟する、なんてこともあるかもしれないんだぜ」

その夜僕は自己のイメージとの確執に激しく悩み、募るばかりの憂鬱《ゆううつ》な気分を撃退するためにカティ・サーク蒸留所の苦痛緩和水の助けを借りることになった。しかし、僕が、栄養失調にならずに次の傑作を書き上げるのに十分な資金を一気にかき集めるという思いに、心をくすぐられなかったと言えば嘘《うそ》になるだろう。だがそれは、金の亡者が僕の耳元で優しく歌っていたということだけではない。ビッグスの鼻のコンパスが真北を指していた可能性も、たしかにあるのである。つまり、もしかしたら僕は、ノベライゼーションというこの文学のがらくたに奥行きと威厳をもたらして正当なものにするために選ばれた救世主マフディかもしれないのだ。

突然訪れた陶酔感に酔いしれて僕は急いでパソコンに向かうと、ブラック・コーヒーを大量に流し込み、夜明け前にはその困難な任務をおおむね成し遂げて、新しい後援者に早くそれを見せたくてじりじりしていた。

苛立たしくも、彼の部屋の「起こさないでください」という札は正午になるまではずされなかったが、ようやくのことで呼び鈴を鳴らして入っていくと、彼は朝の食物繊維をかみくだいているところだった。

「三時にここへ来てくれ」と彼は命じた。「そして、マーレイ・ザングウィルを呼び出してくれ。前の偽名がバレちまって、何とかしてスクリーン・テストを受けたがっているヌード・モデルたちに押しかけられちまったんだ」人につきまとわれる彼の立場に同情しながら、僕はさらに数時間を費やしていくつかの文章を非の打ちどころのない水準にまで磨き上げ、三時に、流行《はや》りの上級紙にタイプし直した作品を引っさげて彼の豪勢な部屋に入っていった。

「読んでみてくれ」ビッグスは、密輸品のキューバ葉巻の先を嚙《か》み切り、それをユトリロの贋作《がんさく》のほうへ吐き捨てながら命じた。

「読むんですか？」自分の作品を口頭で提示するという思ってもみなかった事態に当惑しながら、僕はたずねた。「できたらご自分で読んでみていただけませんか？　そうすれば、繊細な言葉のリズムがあなたの心の耳にこだまするはずですから」

「いや、読んでもらったほうがいいんだ。それに、昨夜フーターズっていう店で手元用の眼鏡をなくしてしまってな。さあ、始めてくれ」コーヒー・テーブルに両足を乗せながら、ビッグスは命じた。

「カンザス州のオークヴィルは、広大な中央平原の中でもとりわけ荒涼とした場所にあった」僕は読みはじめた。「かつては農場が点在していたその地域も、いまは不毛の地と化している。以前はトウモロコシと小麦がこの土地の生活に繁栄をもたらしていたが、農業助成金が繁栄をいや増すのとは逆の効果をもたらした」

ビッグスの目がどんよりと曇《くも》りはじめ、その顔は、不快な葉巻から立ち上る厚い煙の中に埋もれていた。

「おんぼろのフォードがさびれた農家の前に停まった」僕は続けた。「そして、三人の男が現れた。穏やかに、そして何の明白な理由もなく、黒髪の男が右手で禿《は》げた男の鼻をつかむと、ゆっくりと、大きな円を描くように、時計と反対回りの方向にそれをひねった。恐ろしい粉砕音が大平原の静けさを破った。『われわれは苦しんでいる』と黒髪の男が言った。『人間が生み出すでたらめな暴力の何と悲しいことよ』

その間に、第三の男ラリーは農家の中へと迷い込み、どうしたことか、土器の壺《つぼ》に頭を突っ込んでいた。ラリーは手探りで部屋の中を歩き回ったが、突如としてすべてのものが真っ黒で恐ろしいものに変わっていた。ラリーが、神はいるのか、人生に意味はあるのか、宇宙に設計図はあるのか、といった事柄に思いを巡らせていると、そこへ、黒髪の男が入ってきて、ポロ用の大きなスティックを見つけると、仲間の頭をおおった壺をたたき割ってやろうとしはじめた。そしてやがて、人間の運命の空虚な不条理に対する苦悩を長年覆い隠してきた鬱積《うっせき》した怒りに駆られたモウという名のその男は、土器の壺を打ち砕いた。『少なくともわれわれは自由に選ぶことができる』禿げ頭のカーリーが泣きながら言った。『死すべき運命にはあるが、自由に選べる』。それを聞いて、モウはカーリーの両目に二本の指を突っ込んだ。『ウー、ウー、ウー』カーリーはうめき声を上げた。『この宇宙にはいかなる正義もまったくない』。彼は、剝《む》いていないバナナをモウの口に突っ込むと、全部を中まで押し込んだ」

そのとき、ビッグスが突然、我に返った。「やめてくれ、それ以上は読まんでくれ」彼は直立不動の姿勢で立っていた。「最高だ。ジョン・スタインベックだ、カポーティだ、サルトルだ。金のにおいがするぞ。数々の賞も目に見える。こいつは俺様が名声を確立した高品質の作品のひとつだ。家へ帰って、荷物をまとめてきてくれ。君はしばらく俺とベル・エア・ホテルに滞在することになる。それも、より君にふさわしい場所が空くまでの話だ。プールと三ホールのゴルフ・コースつきのな。いや、もしお望みなら、ヘフナーがプレイボーイ・マンションに君を泊めてくれるだろう。そのあいだに俺は弁護士に連絡を取って、スリー・ストゥージズの全作品の権利を押さえておこう。今日は、グーテンベルクの年代記史上の記念すべき日だ」

言うまでもなく、それが、僕がE・コリー・ビッグスと名のる男を、もしくは他の偽名を使ったE・コリー・ビッグスを見た最後だった。スーツケースを手に僕がカーライル・ホテルに戻ると、彼はとっくの昔に町を離れていた。イタリアのリヴィエラ海岸へ行ったのか、それともトルクメニスタン映画祭へ行ったのか、あるいはもしかするとギニアビサウ共和国の最終的な興行収入をチェックしに行ったのか、それはフロント係にもわからなかった。要するに、けっして本名を使うことのない大物を探し出すことなど、ミールワームという名前の、インクにまみれた哀れな男にとっては、気の遠くなるほど至難の業《わざ》だということである。そして絶対に間違いなく、フォークナーやフィッツジェラルドにとってもそうであったはずなのだ。

美容体操、うるし、ファイナル・カット

Calisthenics, Poison Ivy, Final Cut

子供の頃、毎年夏になるとクロロフォルム麻酔をかけられて、インディアン風の名前のついた湖畔の施設に無理やり連れていかれ、マフィアの支部長たち、またの名は指導員たちの悪意に満ちた眼差しにさらされながら犬かきを習うのに四苦八苦していた私の目は、最近『ニューヨーク・タイムズ・マガジン』の裏ページに載っていた広告に釘付《くぎづけ》になった。金持ちの親たちが昏睡《こんすい》状態の七月と八月を楽しむために鼻たれ小僧どもを置き去りにする一般的なゴミ捨て場を特集したその中には、トレンディな最新の夏期キャンプの広告が載っていた。バスケットボール・キャンプやマジック・キャンプ、コンピューター・キャンプ、ジャズ・キャンプ、そして、おそらくはもっとも魅惑的な映画キャンプ。

コオロギとブタクサに悩まされながらも、映画製作への希望に燃えたティーンエイジャーたちはどうやらそこで、太陽がさんさんと降り注ぐ夏休みを遊んで過ごしながら、オスカーの取れる会話や、正確なカメラのアングル、演技、編集、音響効果、そして私の知る限りでは、ベルエアに客用の駐車場を完備した家を買う正しい方法を学ぶことができるようである。

要するに、夢を紡ぐことの少ない若者たちが忙しく矢じりを探しまわっているあいだに、未来のエリッヒ・フォン・シュトロハイムたちは、自分のオリジナル映画を作ることができるというわけだ。それはたとえば、スケート靴のキーをぶら下げる色紐を編むよりも、はるかにヒップな夏の企画だと言えるに違いない。

この費用のかさむ創造的企画は、私が日焼け止め業界の存続に貢献しつつドッヂボールをして十四歳の猛暑の日々を過ごした、ロック・シェルドレークでモウとエルジーのヴァーニシュキ夫妻がやっていたキャンプ・メラノーマとは雲泥の違いがあるように思われた。しかして、ヴァーニシュキ夫妻のような庶民的な夫婦が、映画キャンプのようなシックな施設を運営している光景を思い描くのは簡単ではなかったのだが、カーネギー・デリでそのとき私が解体していた燻製《くんせい》の白身魚から立ち上る燻蒸気がただひたすら幻覚を生じさせるに十分な分子をその場にもたらし、私に以下のようなやりとりを思い描かせたのだった。

親愛なるヴァーニシュキ様

秋が訪れ、さび色と琥珀色《こはくいろ》の絶妙な配色で木々を染め上げたいま、私はウォール街とウィリアム街の角のこの場所で一日の仕事の手を休め、あの伝統がありながらも革新的な田舎の天国で、わが愛する子孫アルゲイに豊かで生産的な夏を過ごす機会を与えてくださったことに感謝致します。ハイキングやカヌーに興じた彼の話を聞くと、それがサー・エドマンド・

ヒラリーやトール・ヘイエルダールの本に出てくる一節に似ていることにただただ驚かされてしまいます。どうやらそれは、映画製作のさまざまなテクニックを習得しながらあなたがたと過ごした真剣で中身の濃い時間に、適切な刺激を加えた模様です。だからこそ、アルゲイが八週間かけて作った映画は完成度が高く刺激に満ちたものとなって、あのミラマックス映画が国内の配給権に千六百万ドルを提示しているのでありましょう。もちろん、アルゲイの母親と私にとっては息子が女神たちの祝福を受けていることは常に自明のことではありましたが、普通の親にはそれは想像もできないことであるに違いありません。

ただ、ほんの十億分の一秒だけ私を驚かせたことがあるとすればそれは、あなたが手紙に、先の配給額の五十パーセントは何らかのかたちであなたの懐《ふところ》に転がり込むべきだと示唆《しさ》していたことです。あなたとヴァーニシュキ夫人のようなご親切な方々が、わが息子の創造的な産物に何らかのかたちでほんのわずかでも貢献したなどという精神異常者のような妄想を抱くようなことがあるならば、理性はもうまったくの無力と言っていいでしょう。簡単に申し上げるなら、たとえ息子の作った傑作映画が、あなたがたのパンフレットではキャッツキルズのハリウッドと紹介されているあの小さくてがたぴしの、フーヴァー村と呼ばれる貧民用仮設住宅群で生まれたとしても、あなたがたには、わが血を分けた者が生み出したたなぼたの利益に関してまったくもってほんのわずかの権利もない、ということを私はここではっきりと申し上げておきたいのです。私がいま何とかうまい言い方を見出して言おうとしているのは、あなたと、あなたがベッドを共にしていて、あの手紙によるゆすりの文章をあなたに書かせたことをたまたま私が知っているあの強欲な火蜥蜴《ひとかげ》は、さっさと消え失せるべきだ、ということなのであります。

真心をこめて
ウィンストン・スネル

わが親愛なるスネル様
わが短き手紙に対してさっそくお返事をいただいたこと、また、あなたの御子息の映画のすべてが何もかも、間もなく模範的フーヴァー村と呼ばれるようになること請け合いのわが魅力的なリゾート施設のおかげであることを麗しい文章で認めてくださったことを、心より感謝致します。ところで、エルジーに関してですが、あなたはこちらにいらしたときに彼女の静脈瘤《じょうみゃくりゅう》に関して品のない冷やかしの言葉を発しましたが、残念なことにそれは、猫いらずのように彼女のことを嫌っている皿洗いたちからさえ笑いを引き出すことができませんでした。彼女のように立派な女性はほかにはいません。火蜥蜴のジョークを口にする前にあなたは、わが妻はメニエール病と呼ばれる災禍を病んでいるけなげな女性だということを知ったほうがいいでしょう。信じてほしいのですが、妻は整理ダンスから転げ落ちるようにしなければ毎朝ベッドからも出られないのです。あなただってそんな病を患えば、全員がいずれ告発される運命にある、格子縞《こうしじま》のズボンをはいた仲間たちと、毎週アスレチック・クラブでそれほどスピーディにテニスを楽しむことはできないことでしょう。私個人は、他人の年金を投機して何百万も稼ぐような真似《まね》はしておりません。私は心地よく誠実な映画キャンプを運営しており、それは、駄菓子屋をやっていた時代に貯《た》めたなけなしのお金で妻と二人で始めたものです。その時代には、蠟《ろう》でできた唇が二つ、三つ余計に売れれば週に一度鯉《こい》が食べられたものでした。

話は変わりますが、あなたの御子息の映画は、大手の映画スタジオにもいないようなうちの優秀なスタッフの監督の下で――いや、協力の下でと言ったほうがいいかもしれません――作られたものです。ヴァーニシュキの言うことですから間違いありません。大手のスタジオは十歳の坊やたちのために、そんな高級品をいつもあてがったりはしないでしょう。サイ・ポプキンなどは、個人的にはアイデアにほんの少し退屈な唾《つば》をつけただけの男であるにもかかわらず、ハリウッドでは見逃された偉大なる才能のひとりに数えられています。この男は、もしメキシコでトロツキーと一緒にダブル・デートをしているところをたまたま目撃されるという失敗をしでかさなかったら、いまごろアカデミー賞を五十回取っていたことでしょう。その一度の偶然のために、彼はハリウッドの愚か者たちをその場であわてふためかせ、雇用不能の烙印《らくいん》を永遠に押されてしまったのです。また、私どもの演出顧問のハイドラ・ワックスマンは、十代のとんま君たちの教育に自分の時間をただで捧げるために、有望だった映画界でのキャリアを捨てています。彼女は、あなたの御子息の映画で素人の出演者たちをじきじきに指導し、才能のない怠け者集団をなだめすかして、ほんの僅かな演技能力を引き出したのです。どうか死後彼女に安らかな時間が訪れますように。そのあいだ、あなたのところのたかりやさんは、脇《わき》に座って、アデノイドでぜいぜい言いながら、彼女の仕事振りを眺めていたのです。

そうそう、それからウォール街の大将殿、うちにはエイブ・シルヴァーフィッシュもおります。タンガニーカとバリの名門映画祭で複数の編集賞を贈られた人物です。彼こそがあなたのドジなアルゲイを見張り、細かい指導を行ったのです。これがもし嘘《うそ》だったら私の妻は塩酸湯の中で死ぬことでしょう。もしも私に助言させていただけるなら、あなたは坊やにときどき塩酸のリタリンを振りかけてやるのがいいでしょう。そうすれば多少とも彼が何でも無駄にいじりまわすのをやめるかもしれませんから。シルヴァーフィッシュは自惚《うぬぼ》れ屋君にひとりで手取り足取り、どことどこをつなぎ合わせればいいかを教えてやりました。ついでながら、おたくの坊やはうちにあるすべての機器を使用しました。最新のパナヴィジョンのカメラも不器用にいじくりまわしたので、いまその機械のボタンを押すと、エルジーがグロッギー君と呼ぶ、パーティ用のブリキの鳴り物についている木のハンドルをゆっくりと回したときのような音がします。しかしながら、これに関してあなたに請求書をまわすつもりはこちらにはありません。何と言ってもわれわれはいま、新しい事業のパートナーになろうとしているのですから。

敬意を込めて
モンロー・B・ヴァーニシュキ

親愛なるヴァーニシュキ様
おたく様が集めたスタッフが進化論的に見てオーストラリアのディンゴ犬の一群よりも上にあるようなことを言うのは、誇張もはなはだしいと言うべきでしょう。新しい事業のパートナーですって!? 脳内出血でも起こしたのでしょうか? まず第一にはっきりと言っておきますが、アルゲイの脚本のアイデアは、近所の葬儀屋がノーベル賞を受賞したと勘違いしたときにうちの家族が経験した実際の体験に基づいて、息子がひとりで考え出したものです。タコスでも食べながらトロツキーに原子爆弾の秘密をばらしたに違いないポプキンのような国賊が、何らかのかたちでうちの神童のシナリオにコンマを加えるほどの貢献をしたなどと言うのは、ネス湖の怪獣なみの信用性しかありません。アル中のハイドラ・ワックスマン嬢に関して言えば、インターネットを見ればわかるとおり八ミリ以上の映画に出演したことは一度もなく、八ミリ以下のものにはキャンディ・バーの名前で出ています。さらに言えば、おたくのインストラクターのシルヴァーフィッシュは、ヘンリー・フォンダを何度となく逆様にフィルムに収めてしまったために、ハリウッドの映画編集の仕事から干されてしまったことを知っているのですか？　また、アルゲイの話によれば、あなたが彼に与えた新しくも何ともないカメラは、あなたの求愛を断った十九歳のプールの監視員に向かって投げつけられた結果、ときどき思い出したようにしか動かないしろものだったそうです。ヴァーニシュキ夫人はあなたが女性スタッフに言い寄ることを認めているのでしょうか？　そう言えば、ときとして私のウィットが正確すぎるため、あなたの奥さんの血液循環システムをおとしめたことをお詫びします。彼女の地形図上に無数に青い支流があるのを目撃して、私としてはそれが道路地図に似ていることを指摘せずにはいられなかったのであります。

最後になりますが、われわれのあいだではいかなる接触もこれを最後にさせていただきたく思います。今後いただいた書状はすべてそのまま直接、アップチャック＆アップチャック法律事務所のほうへ送らせていただきます。

あほんだら様、さらばです。

ウィンストン・スネル

わが親愛なるスネル様

神が私にユーモアのセンスを与えてくださったことをただひたすら感謝しています。おかげで、簡単なヒットマンの雇い方が載っている銃器カタログ雑誌をすぐさま取りに走ることなく、多少趣味の悪い冗談を受け止めることができるのですから。どうかここで私にあなたのためを思っていくつかの事実を明らかにさせていただきたいと思います。私はこの四十年間に一度たりともエルジー以外の女性に目を移したことなどありません。率直に言って彼女が、あなたが港でコペンハーゲンからの船が着くのをよだれを垂らしながら待っているたぐいの雑誌用に神のみぞ知るようなポーズを取っているむっちりタイプのセクシー・ガールではないことは喜んで認めたとしても、彼女から目を移すのはそれほど簡単なことではないのです。

第二に、あなたのぼんくらな息子が神童であるなどという考えをいったいどこで思いついたのか、私にはただただ不思議でなりません。ただひとつの可能性としては、あなたがこれ見よがしに葉巻を吸っているたぐいの典型的な金のマニアで、あなたの言うことに服従してあなたが聞きたがるあぶくのようなお追従《ついしょう》ばかり口にしていながら、あなたが部屋を出ていくやいなや、間違いなく、ぐるりと目を回しているオカマ君たちにあなたが囲まれているということでしょう。まだエルジーと二人で駄菓子屋をやっていた頃、その子の母親に対する善意からソーダ係として雇ってやっていた白痴がいました。その母親は、臀部《でんぶ》の手術を受けたときに、医師団のミスから、何とそこに中国人の肝臓をつけられてしまったのです。それはともかく問題は、ＩＱが二桁《けた》のそんなぼんくらなソーダ係でも、知能的にはあなたのアルゲイに比べたら、アイザック・ニュートンのように高くそびえ立っていたということなのです。

そう言えばあれは、エルジーの甥《おい》っ子のベンノが綴《つづ》り方選手権で優勝した夏でした。その子は八歳にして、Mnemonic（記憶術の）という単語のスペルを綴れたのです。聡明とはこういうことであって、あらゆる点で高給の教師を擁した私立の学校に通う恵まれた環境にありながら、いちいちTシャツに貼《は》った名札を見なければ名前も思い出せないような、あなたの金髪のすべて他人任せ君のことではありません。

ところで、告訴するなどと脅すかわりに、あなたのインチキ弁護士たちに言ってやりなさい。よく調べればそちらには、ワインスタイン兄弟の双方を土地投機人のごとくに走りまわらせて、あなたの前に千六百万ドルの絨毯《じゅうたん》を敷かせたほどの映画のプリントがたった一本しかなく、現存する唯一のオリジナルのネガはここのバンガローの中にあるということがわかるはずだ、と。私としては、そのネガに何事もないことを、ただひたすらに祈るばかりです。そして、ヴァーニシュキ夫人がまだ最初のシーンに鶏の脂《あぶら》のしみをつけていないことを。

モウ・ヴァーニシュキ

ヴァーニシュキよ

このたびの貴様の手紙を読み、私の心はアリストテレスが悲劇のために用意した憐れみと恐怖に満ち溢《あふ》れている。なぜ憐れみかと言えば、それはお前が明らかに、わが息子の映画のネガを所持することで重窃盗と呼ばれる社会的過失を犯していることに気づいていないからだ。なぜ恐怖かと言えば、それは昨夜私が預言的な夢を見たからだ。そこでは、懲役に服する判決を受けたお前が、アンゴラの屈強な仲間の囚人から腹にネジまわしをお見舞いされていた。

私の手元にあるプリントからも、多少質が劣るかもしれないが、新しいネガを作ることはできる。だが私は、元のネガを正当な持ち主様のところへすぐに発送するよう強く警告しておく。デリケートなコーティングがさらに、鶏の脂や、お前や朝食のテーブル越しにお前のほうを見ているあのガーゴイルが自分の作った料理を食べられるようにするために使う種々雑多な有害な香辛料で汚される前にだ。私の堪忍袋の緒《お》はいまにも切れそうな状態にある。

ウィンストン・スネル

聞くがいい、スネル

ブタ箱に向かっているのは俺ではなく、きさまだ。自分のものでもない映画を売ろうとしていることではムショ行きを逃れたとしても、小切手の改竄《かいざん》では逃れられまい。きさまの天才の息子がよく寝言を言い、エルジーの趣味が録音だということを忘れぬがいい。ところで、俺はネガを守ろうとする努力はしている。だが、それは簡単ではないのだ。嘘ではない。まず、甥っ子のシュロモがいる。この子は来週六歳になる愛くるしい子で、「ラグモップ」の歌をイディッシュ語でも英語でも最初から最後まで歌える。しかし、何と言ってもまだわんぱく盛りだ。尖《とが》った石を取ってきて、第二巻の真ん中に長い引っかき疵《きず》をつけてしまった。この子がまたネガを缶から出して、ポケットナイフで感光液をこすりとるのが好きでな。なんでかって？　知らんよ、そんなこと、俺は。俺が知ってるのは、奴がそれをこすっちゃあ、にたにた嬉《うれ》しそうにしてるってことだけだ。おまけに、俺の妹のローズも七巻目にボディ・ローションをつけていた。妹はかわいそうな奴なんだ。最近だんなを亡くしてな。ひどい心臓発作だったんだが、俺は前から注意していたんだ。風呂から上がった妹をまともに見るな、とな。とにかくだ、きさまのように強情な奴は恥っさらしもいいところだ。本当ならいまごろお互いにこの映画のおかげでいい目が見られていたかもしれないというのに。だが、きさまが原理原則に厳しい男だということは認めよう。ところで、小切手の改竄《かいざん》っていうのは具体的にはどういうことなのかな？　なんでそれが重罪になるんだ？　ああ、もう行かないと。犬がネガに食らいついていやがる。

ヴァーニシュキ

ヴァーニシュキよ

この薄汚いゾウリムシめ。アルゲイの映画の配給権に関して、お前に十パーセントの分け前を認めよう。お前の貢献など本当は、お前流に言えば、一セントどころか殺虫剤のひと吹きにも値しないのだ。

私が正気を取り戻す前にこの申し出を受けて、テーブルからかっさらっていくがいい。それはお前を思春期の映像作家たちの不潔な夏の世界から、マイアミやバミューダの歓喜の世界へと導くパスポートになるだろう。そして、お前の利益の一部を腕のいい整形外科医にまわして肉体の全面改造費にすれば、ヴァーニシュキ夫人が公共のビーチに立ち入ることももしかしたら許されることだろう。

ウィンストン・スネル

わが親愛なる小僧っ子よ

エルジーが昏睡状態から意識を取り戻したよ。実は事故があってな、あいつがねずみ捕りを仕掛けようとしてたときに、餌《えさ》のチーズが新鮮なのを確かめようとして前のめりになりすぎて……ビンゴ！　ってわけだ。とにかくだ。あいつはちゃんと目を覚まして、俺の耳元で「二十パーセントにして」とささやいたんだ。そう言ったあとはまた、後ろへ傾けると目を閉じる例の人形のように、意識を失っちまった。何にしても、君が文書に署名をしたら、うちのが言ってた公正証書ができる前に、君にはネガだけでなく、一緒にエルジーが作った絶品のキャベツの詰め物もいくつか無料で届けられることになると思うが、瓶は送り返してほしい。どうかお元気で。

君の新しいパートナー、モウ・ヴァーニシュキ

いとしの子守り《ナニー》

Nanny Dearest

「人の心にどんな悪が忍び込むのか？　それは影のみが知っている」毎週日曜日、そのセリフとともに悪魔の笑い声が聞こえてくると、先祖伝来の陰鬱《いんうつ》な屋敷の薄暗い冬の光の中、ストロムバーグ・カールセン製のラジオの近くに背中を丸めて座り陶然としていたまだ幼い僕は、いつも背筋を震わせていたものだった。が、真実を明かせば、何週間か前、ウォール街にあるバーク・アンド・ヘア社のオフィスでわが愛する妻からの電話を受けるまで、僕自身の二つの心室の中にはどんな暗い悪魔が潜んでいるのか僕には見当もつかなかった。いつもなら安定しているはずの彼女の声が量子のように小刻みに震えていたので、彼女がまたマリファナを吸いはじめたのだということがわかった。

「ハーヴェイ、お話があるの」その言葉は十分に悪い徴候を伝えていた。

「子供たちはみんな大丈夫なのか？」僕は、身代金を要求する手紙の文章がいまにも読み上げられるのかと思って、即座に訊《き》き返した。

「ええ、ええ、それは大丈夫。そうじゃなくて、うちの子守《ナニー》りのことなの。ほら、あのいつもニコニコしていて、礼儀正しいユダみたいな、ヴェルヴィータ・ベルクナップちゃんのこと」

「彼女がどうしたんだ？　あのばかがキレてまたトビーのマグカップを割っちまったとかいう話ならやめてくれよ」

「あの子、私たちのことを本に書いているのよ」電話のむこうから聞こえてくる声には、地下の墓地から響き渡ってくるような抑揚がつけられていた。

「僕らのことを？」

「パーク街の邸宅で子守りをしたこの一年間の体験記よ」

「何で君がそんなことを知ってるんだよ？」守秘義務契約を結ぶようにと言っていた法律顧問の助言を鼻先であしらったことを後悔して突然身を竦《すく》めながら、僕はしわがれ声でたずねた。

「休暇の前に借りたゲーム《チクタク》をふたつ返しに行ってもらっているときにあの子の部屋へ入ったら、偶然原稿が目に入ったのよ。そうしたらもう、中身をのぞいて見ずにはいられなかった。ねえ、あなた、あれは想像を絶するほど悪意に満ちた屈辱的なしろものよ。とくに、あなたに関する部分はね」

頰《ほお》がピクピクと不規則な運動を始め、眉毛《まゆげ》の上に玉の汗がプツプツと音を立てて噴き出しはじめた。

「帰ってきたら、即刻クビにしてやるわ」永遠に不滅のわが愛妻が言った。「あの蛇女《へびおんな》、私のことを豚《ぶた》呼ばわりしているのよ」

「だめだ！　クビにはするな。そんなことをしたって本の出版は止められないだろうし、ペンの運びがよけい辛辣《しんらつ》になるだけだろう」

「じゃあ、どうするのよ、色男さん？　こんなことをみんな暴露されたら、私たちのハイソなお友達がいったいどう思うとおもうの？　いつも行っているお洒落《しゃれ》なクラブに足を踏み入れるたびに、にたにた笑われたり、残酷きわまりない皮肉を口にされるわよ。ヴェルヴィータはあなたのことを『性格の歪《ゆが》んだチビの成金は不幸な子孫を金で最高の幼稚園へ入れたけど閨房《けいぼう》では紳士としての役目を果たせない』なんて書いてるのよ」

「頼むから僕が帰るまでは何もしないでくれ」と僕は訴えた。「これはちょっと時間をかけて考える必要がある」

「考えるなら早くしたほうがいいわよ、ダーリン。あの子もう三百ページまで来てるから」そう言うなり、わが人生の光が光子のスピードで受話器をたたきつけたため、僕の耳には、ジョン・ダンの詩に出てくるあの呪《のろ》いの鐘のように不気味な音がこだましていた。僕はホイップル病にかかった振りをして仕事を早めに切り上げると、角のビアホールに入って高ぶった神経をなだめ、現在の危機を再検討した。

わが家の子守りの歴史は、贔屓《ひいき》めに言っても、ジェットコースターに乗っているようなものだった。最初の子守りは、ボクサーのスタンリー・ケッチェルに似たスウェーデン人の女だった。万事にてきぱきとした彼女はいとも簡単に子供たちをしつけ、おかげで子供たちは食事の席で行儀よくするようになったのだが、なぜか打撲傷が絶えなかった。そこでビデオ・カメラで隠し撮りをしてみると、彼女が、レスラーのあいだではアルゼンチン・バックブリーカーと呼ばれているやり方で、両肩の上で水平に息子を揺さぶっている姿が映っていたので、僕は彼女の教育メソッドを問い質《ただ》した。

と、明らかに余計な口出しには慣れていないらしい彼女は僕をローファーが脱げるくらい高々と持ち上げると、優に床上一メートルはある高さで壁紙に僕を押しつけた。「こま結びにされたくなかったら、あたしのご飯茶碗に鼻を突っ込まないほうがいいわよ」そう彼女は僕に助言をした。

怒り心頭に発して僕はその夜のうちに、SWATのたった一部隊だけの助けを借りて彼女に荷物をまとめさせた。

彼女の後継者は、十九歳のフランス人のオペアだった。名前はヴェロニク。金髪にポルノ女優の唇、長く足首のしまった脚、支える足場がいるかと思われるほど巨大な胸で、なよなよと体をくねらせながら猫なで声を出す彼女は、前任者よりもはるかに非好戦的なタイプだった。

だが不幸にも、スリップ姿で長椅子《ながいす》にもたれ、チョコレート・トリュフを頰張《ほおば》りながら

『W』のページをめくることを好んだ彼女のわが子供たちへの関心の持ち方には、多少深みに欠けるところがあった。僕自身は妻よりはずっと柔軟に彼女という生物の個性的なスタイルに適応し、ときには背中をさすってあげたりして彼女がリラックスできるように手を貸したりもしたのだが、僕が高級なマックス・ファクターの化粧品を使うようになり、かわいいカエルちゃんがベッドで食べられるように朝食を運んでいくようになったことにわが足枷《あしかせ》たる妻が気づくと即刻、ヴェロニクの胸の谷間に解雇通知を押し込み、彼女のルイ・ヴィトンのバッグを通りに放置したのである。

そして、そのあとにやってきたのがヴェルヴィータだった。三十歳に近づいた陽気な働き者で、よく子供たちの面倒を見て、食事の席でも分《ぶん》をわきまえていた。彼女が斜視であったことに同情もして、僕はヴェルヴィータを使用人というよりはむしろ家族の一員のように扱ってきた。彼女は、デザートのトライフルをお代わりし、空き時間には安楽椅子で休むことを許されていたというのに、恩人たちを赤裸々に描写するネタを密かに集めていたというわけである。

家に帰って、彼女の誹謗《ひぼう》中傷の物語に密かに目を通した僕は、言葉を失った。「会社で同僚の功績を横取りする、恨みがましい能無し人間」女悪魔スックブスはそう書いていた。「子供たちを甘やかしたかと思うと、ほんのちょっとしたことでかみそりの革砥《かわと》を子供たちに打ちつける、支離滅裂なギリギリ男」その下品な言葉の寄せ集めを読み進めながら、僕は、以下のごとき罰当たりな言葉の羅列に打ちのめされた。

ハーヴェイ・ビドニックはウィットに欠ける野暮な男。口にモーターがついているかと思うほどおしゃべりなチビ助で、自分を面白い男だと信じているが、五十年前のユダヤ人避暑地のナイトクラブでさえ笑いごとではすまない冷酷な短いジョークで客人に言葉を失わせる。彼がサッチモの物真似《ものまね》でもしたら紳士の中の紳士でさえ悲鳴を上げて部屋から逃げ出していく。ビドニックの奥さんもまともな人間とはほど遠い。でっぷりと太った冷血女で、太ももはタピオカのようだ。彼女にはプラダとかマノロ・ブラニクよりも複雑なことは言っても理解できない。夫婦は休みなく喧嘩《けんか》していて、一度、奥さんが特注の魔法《ワンダー》のブラを買って六桁《けた》の請求書を見せたときには、ビドニックが支払いを拒否したこともあった。かっとなった彼女は彼の頭からかつらを剝《は》ぎ取ると床に投げ捨て、強盗に入られたときのために夫妻が持っている銃をそのかつらに向けて何度もぶっぱなしたものだった。ビドニックはヴァイアグラを大量に飲んでいるせいで幻覚を抱き、自分を大プリニウスだと思い込んでいる。奥さんのほうは、地上の楽園シャングリラから放り出されたマリアのように年を取り、体のありとあらゆる部分にボトックスかメスを入れている。そんな二人のお気に入りの話題は友人の誹謗中傷である。バードウィング夫妻は「必ず生焼けのマトンをほんの少ししか出さないでぶでぶに太った吝嗇家《りんしょくか》」である。医師のダイヴァーティキュリンスキー夫妻は「金魚一匹以上の死に責任のある無能な獣医コンビ」であり、オファル夫妻は「マダム・タッソー蠟《ろう》人形館の人形たちとも親密な性的関係をもつほどに堕落したフランス人のカップル」である。

僕はヴェルヴィータがすべてを語った暴露本の原稿を下に置くと、ホームバーへ行って、速効性があるくらい強くしたハイボールを立て続けに飲み干し、その場であの女を殺そうと決意した。

「あの原稿を燃やしても、彼女はすぐに同じものを書くだろう」僕はヴォードヴィルの酔っ払い役者のようにゆるんだ口調で妻に向かってまくしたてはじめた。「口止め料を支払ったとしても、彼女はそれを回想録の中に賄賂《わいろ》として書くか、その金を黙って受け取ったうえで本は出版することだろう。いったいどうしたらいいんだ」僕はそう言いながら、子供の頃から見て育ったモノクロ映画によく出てきたごろつきどもに変身していった。「あの女は始末しなくちゃならない。もちろん、何らかの事故に見せかけてだ。ひき逃げがいいだろう」

「あなた、運転なんかできないじゃない、青い目の色男さん」自分専用のどでかいグラスでジン&ベルモットをあおりながら、僕の目の前にいる鉄のように冷たいあばずれ女が言った。「おまけにうちの運転手のミーズリー、あなたが乗りまわさせている、長さが普通の三倍もある白のリンカーンじゃ相手にかすりもしないわよ、きっと」

「爆弾はどうだろう？」僕は口からでまかせを言った。「あの女が踏み台式のフィットネス・マシーンに乗った瞬間にぴったり作動するような正確な時限装置を使って」

「あなた、ふざけてるの？」わが人生の光は、手にしていた穀物の混合飲料の力にさらに飲み込まれつつ、がみがみと言った。「プルトニウムを渡されたって、あなたには爆弾なんか作れないわよ。中国のお正月に、火のついた筒形花火をズボンに落っことしたこと、覚えてないわけ？」チビ女はしわがれた声で笑いはじめた。「あれはロング・アイランドのクウォーグだったわね。地面から飛び上がってガレージの屋根の上を越えていったあなたったらなかったわ。なんて素晴らしい弾道だったことかしら！」彼女は高笑いした。

「だったら、窓からあの女を突き落とすさ。その前に、遺書を捏造《ねつぞう》するか、何とかうまい口実を見つけてカーボン紙を使ってあの女自身に書かせたほうがいいかもしれない」

「七十キロもある抵抗する子守りを窓のところまで持ち上げて突き落とせるわけ？　その二の腕でそんなことができるの？　心筋梗塞《こうそく》でマンハッタンのレノックス・ヒル病院の緊急治療室に運び込まれるのが関の山よ。そしたらクラカトア火山の爆発もしゃっくりぐらいに思えるでしょうね」

「僕にはあの女を始末できないって思っているのか？」五杯目のグラスホッパーでまたたく間にふらふらになり、今度はアルフレッド・ヒッチコックの登場人物に変身した僕は言った。

「あの女は今後も自由に動きまわれはするだろうが、実は鎖《くさり》をつけてあるんだ。あの女はだんだんと病気が重くなっていく」僕は、ヒッチコックの『汚名』でカメラの焦点がぼやけていったあのシーンを思い描いていた。それで観客は、クロード・レインズが仕掛けた毒が効いてきてイングリッド・バーグマンの視界がぼやけていく様子を体験したのだ。僕は立ち上がってよろめきながら薬箱を取りに行き、ヨードチンキに手をかけたが、すでに僕の瞳の焦点も多少ぼやけていた。そのとき、撮影開始の合図でも出たかのように突然ドアが開いて、ヴェルヴィータが入ってきた。

「あら、ミスター・B、帰ってらしたんですね。クビにでもされたんですか？　ハッハ」ネズミ女は自分で言った無礼なジョークに自分で笑った。

「さあ、入って、入って」と僕は言った。「ちょうどコーヒーをいれるところだよ」

「私がコーヒーを飲まないのご存じでしょ」不満そうに彼女は言った。

「コーヒーって、つまりお茶のことだよ」僕はそう言い直して、よろめきながらキッチンへ行ってやかんを火にかけた。

「またやっつけられたんですか、ミスター・B？」恥知らずめが勝手に決めつけてきいた。

「ここに座りなさい」無遠慮に馴れ馴れしくする彼女を無視して、僕は命じた。わが妻はすでに床に倒れ込んで、いびきをかいていた。

「ミセス・Bはもう少し睡眠時間をとらないと」ひとりよがりのベビーシッターがウィンクしながらわけ知り顔で言った。「金満家がへとへとになって、いったいひと晩中何をなさってるんですか？」悪事の黒幕のように狡猾《こうかつ》に、彼女が見ていないことを肩越しに眼の端で確認すると、僕は、瓶に入っていたヨードチンキの残りを全部ヴェルヴィータのカップに入れた。それから、美味《おい》しそうな汁気たっぷりのおつまみをプレートに載せると、彼女のところへ持っていった。

「あら」彼女が甲高い声を出した。「これってはじめてですね。午前中の十一時半にニシンを開けたことはまだなかったんじゃないかしら」

「さあ、さあ。冷める前に飲み干そうじゃないか」

「カモミール・ティにしては色が少し黒くありません？」不実なたれこみ屋が鼻声で不平をこぼした。

「とんでもない。これはめったにないブレンドで、アフガニスタンのラシュカルガーから届いたばかりなんだよ。さ、早く、一気に飲み干して。ああ、なんていい香りで爽《さわ》やかなんだ」

たぶん朝のストレスのせいだろう。いや、自信を保つために昼前から飲んだ酒のせいかもしれない。いずれにしても僕にわかっているのは、なぜか間違って自分で毒入りティカップの方を飲んでしまったということだ。途端に僕は体を二つに折り曲げ、針にかかった鱒《ます》のように床の上をのたうちまわりはじめた。僕が腹を押さえて「ストーミー・ウェザー」を歌うエセル・ウォーターズのようにうめき声を上げるのを見て、恐怖を感じた子守りは救急車を呼んだ。

僕は救急隊員たちの顔をいまでもよく覚えている。胃を洗浄されたことも。中でも、完全に意識が戻ったときに、ヴェルヴィータから手渡された短い手紙のことはいちばん鮮明に覚えていた。その辞職願いには、子守りの仕事に退屈して気晴らしに本を書いてみたが、主要な登場人物たちがあまりにも薄気味悪いので、IQが通常のレベルにある読者の関心を引きつけられないだろうと思って放り出してしまった、と書かれていた。彼女は子守りをやめたら、うちの子供たちをよく連れていっていたセントラル・パークのアリスの像のところである日出会った億万長者と結婚するのだという。ビドニック夫妻はその後どうしたか？　ロボット工学の世界でダイナミックな技術革新が行われるまで、僕らには新しい子守りを雇う計画はない。

ねえ、君、君の味覚はいったいどこまで……

How Deadly Your Taste Buds, My Sweet

この日曜日にロンドンのオークションで、稀少な白トリュフの俗物的な価値は、さらなる新しい高みに到達した。二・六ポンドの品が十一万ドルで落札されたのである。購入したのは、香港に住む身元不詳の人物だった。

(『ニューヨーク・タイムズ』二〇〇五年十一月十五日付)

私立探偵である僕は、依頼人のためなら喜んで銃弾を受ける心構えでいるが、そのためには一時間につき五百ドルの報酬プラス実費が必要である。実費というのは、通常、僕がその間に飲み干せるジョニー・ウォーカーのことだ。にもかかわらず、エイプリル・フレッシュポットのようなかわい子ちゃんがフェロモンを振りまきながら僕の事務所に入ってきて依頼をした場合には、なぜかその仕事は無料奉仕となることもある。

「助けてほしいの」猫なで声でそう言いながら、彼女がソファの上で脚を組むと、黒いシルクのタイツが丸見えになった。

「全身を耳にしてお話をお聞きしましょう」僕はその言葉に込めた性的な反語表現が伝わったものと信じた。

「サザビーズのオークションへ行って、私のためにある物を落札してほしいの。もちろん費用はこっちもちよ。でも、絶対に私の名前を知られたくないの」そのときになって僕ははじめて、彼女の金髪と、厚い唇と、シルクのブラウスをはちきれさせそうな双子の気球のむこうに、不穏なにおいを感じ取ることができた。僕は急に怖くなった。

「何を落札するんです？」僕は彼女にたずねた。「どうして自分ではできないんです？」

「トリュフなのよ」煙草《たばこ》に火をつけながら、彼女は答えた。「一千万ドルまでは許容範囲なの。ううん、激しい競《せ》り合いになれば、千二百万ドルまではたぶん大丈夫」

「ああ」いつもはベルヴュー・ホテルに電話をかける前にするような目くばせを彼女のほうへ送りながら、僕は言った。「どうしてもそれが欲しいご様子ですね」

「ちょっと、やめてよ」明らかにムッとして、彼女はつっけんどんに言い返した。「お礼は通常の倍はするわよ。だから、絶対にサザビーズで落札してちょうだい」

「キノコひとつに五百万ドル以上の値をつけたら、何か疑われてもしかたないような気がするんですがね」僕はとげのある言い方をした。

「かもね。でも、バンディーニのトリュフは二千万ドルで売れたことがあるのよ。塊茎のものではそれがオークションの最高値なの。当然まったく瑕《きず》のない白トリュフで、持っていたのはアラブの大富豪アガ・カーンだった。だけど、私を見くびらないでね。私だってついこのあいだフォアグラに七百万ドルの値をつけたんだから。テキサスの石油王に八百万ドルで持っていかれてしまったけど。こっちはシャガールの絵を二枚売って現ナマを用意していたっていうのに」

「そのフォアグラなら、クリスティーズのカタログで僕も見ましたよ。たかが前菜に高すぎるように思いましたけど、まあ、それで石油王が幸せになるなら、別にねえ」

「あの人はそれで殺されたわ」

「まさか」

「本当よ。最高のガチョウの肝臓を味わわないと満足できないルーマニアの伯爵が、背中に短刀を突き刺して、あのしっとりとしたパテを略奪したのよ」吸いさしの煙草で二本目に火をつけて彼女が言った。

「そりゃまた気の毒に」彼女の目を見つめて、僕は言った。

「だけど、笑えるのはその男のほうなのよ」彼女は笑った。「その人が他人を殺してまで手にいれた高コレステロールのご馳走はニセモノだっていうことがわかったのよ。その伯爵はね、愛の証としてそのフォアグラをエストニア大公妃の足元に捧げたの。ところが、大公妃がそれをレバーソーセージだって見抜いたんで、彼はみずから命を絶ったっていうわけ」

「で、本物のフォアグラは？」

「それ以来見つかってないわ。カンヌでハリウッドのプロデューサーが食べちゃったって言う人もいるし、アブ・ハミッドっていうエジプト人がそのとりこになって注射器に詰め込んで血管に直接打ち込んでみたって言う人もいる。そうじゃなくて、そのフォアグラはブルックリンのフラットブッシュの主婦の手にわたって、キャット・フードだと思った彼女が飼い猫に食べさせてしまったんだって言う人もいる」

エイプリルはポシェットを開けると小切手を取り出して、そこに僕への依頼料を書き込んだ。

「ひとつだけ聞かせてほしいんですが」僕は言った。「あなたがそのトリュフが欲しいことを他の人間に知られたらどうしてまずいんですか？」

「イスタンブールで設立された美食家の組織が自分たちの食べるフェットチーネの上にそのトリュフを振りかけたくて死に物狂いになって、国境を越えて進入してきているのよ。あいつらはそのトリュフを手に入れるためだったら、どんなことだってするわ。だから、そういう味覚の趣味をもっていて組織のない女はすっごく危ない橋を渡ることにならざるを得ないのよ」

突如、僕は悪寒を感じた。これまでに僕が扱ったケースの中で食用の高価な品がからんでいたのは、ポルトベロ・マッシュルームにまつわる比較的簡単な事件だけだった。ある政治家志望の人物がそれに対して不適切な行為を行ったとする告発がなされていたのだが、結局のところ、すべての容疑は根拠のないものであったことが証明された。エイプリルとの取引は、次のように成立した。僕が、落札したトリュフをウォルドーフ・ホテルのスイート・ルーム1600号室まで持っていく。そこでエイプリルが、神様が彼女のために特別にデザインした肌色の姿で僕のことを待っている。彼女はそう思わせぶりな口調で言った。彼女が数々の賞に輝いたお尻を振りながらエレベーターに乗りこむやいなや、僕は大西洋のむこうのフォートナム・メイソンとフォションに何本か電話をかけた。両店の店長には、昔、インドの武装ゲリラに盗まれた値段のつけようのない六つのアンチョビを取り返してやったことで、多少の貸しがあった。その電話でエイプリル・フレッシュポットに関する極秘情報を得ると、僕はタクシーをつかまえてヨーク街へと向かった。

サザビーズの競売は活気があった。キッシュがひとつ三百万ドルで売れ、揃《そろ》いの固ゆで卵二個には四百万ドルの値がつき、かつてウィンザー公が所有していたシェパード・パイは六百万ドルで売れた。いよいよ例のトリュフが競売台に上ると、会場にどよめきが広がった。競売は五百万ドルから始まり、気弱な姉妹が姿を消すと、トルコ帽をかぶった太っちょと僕のマッチ・レースになった。が、千二百万ドルまで来たところで、でぶの金満家はうんざりした様子で下りた。取り乱している様子が傍目《はため》にも見て取れた。僕は二・六ポンドの品物の権利を獲得すると、それをグランド・セントラル駅のロッカーに預け、一目散にエイプリルのスイート・ルームに向かった。

「トリュフ、持ってきた？」そう言いながらドアを開けた彼女は、サテンのローブを着ていて、その下には、見事にちりばめられた細胞質以外、何も身に着けていなかった。

「心配するなって」不敵な笑いを見せて僕は言った。「だけどまず僕らは、数字の話をするべきじゃないかな」その後、電気が消える前のことで僕が覚えているのは、僕の頭のてっぺんとレンガの塊のようなものとの衝突だけだった。目を覚ますとそこには、僕が血流をよくするために使っているヴァレンタイン・スコッチ型の小さな吸水器に照準を合わせた安物の小型拳銃が光っていた。サザビーズにいたトルコ帽の太っちょが安全装置をいじくって、僕を楽しませてくれた。エイプリルはソファに座り、そのかわいい頬骨《ほおぼね》をキューバ・リーブレに埋めていた。

「では、だんな、ビジネスに入るとしようか」太っちょはそう言って、ベイクド・ポテトをテーブルの上に置いた。

「ビジネスって、どんなビジネスだい？」僕はうすら笑いを浮かべた。

「おいおい、だんなさんよ」しわがれた声で男が言った。「普通の子嚢菌《しのうきん》のかたまりの話をしようってんじゃないことは、あんただってわかってるよな。あんたはあのマンダレイ・トリュフを持っている。俺はそいつが欲しいんだよ」

「そんなもん、聞いたことがないな」と僕は言った。「あ、いや、もしかしたらそれって、プレイボーイのハロルド・ヴァネスキュが去年、パーク街のアパートメントでそいつで殴《なぐ》られて死んだっていうあれのことかい？」

「ハッハ、楽しませてくれるな、だんな。せっかくだからあんたにも、マンダレイ・トリュフの歴史を教えてやろう。その昔、マンダレイ皇帝は国でいちばんでぶで不器量な女のひとりと結婚した。その後マンダレイで豚《ぶた》インフルエンザが猛威をふるい、トリュフを探してくれる豚がみんな死んじまったときのことだ。皇帝は妻に、もしよかったら地面をかぎまわってトリュフを探してもらえないだろうかと頼んでみた。彼女がトリュフをかぎ当てた瞬間から、そいつの稀少価値は誰の目にも明らかだった。そのトリュフはフランス政府が買い取って、ルーブルに展示された。そしてしばらくはそこにあったんだが、第二次大戦中にドイツ兵によって略奪された。ゲーリングがいまにも食べそうになったんだが、ちょうどそのときにヒットラー自殺の報が届いて、せっかくの食事にけちがついたらしい。戦後そのトリュフは姿を消したが、やがて国際的なブラック・マーケットに姿を現した。それをある企業家グループが購入し、アムステルダムの宝飾店デビアスに持ち込んだ。そいつを小さくカットして一片ずつ売ろうとしたのさ」

「それはいまグランド・セントラル駅のロッカーの中にある」と僕は言った。「僕を殺せば、そこにあるポテトにはせいぜい、サワークリームとチャイブしか飾れなくなるぞ」

「言い値はいくらだ」と男が訊いた。そのときエイプリルはすでに別の部屋へ行っていた。彼女がモロッコのタンジールに電話をかけているのが聞こえてきた。「クレープ」という言葉が聞こえたような気がした。どうやら彼女は、価値あるクレープに払う手付金を調達したようなのだが、リスボンへ輸送する途中で中身がすりかえられていたらしい。

僕が言い値を言ってから十五分後、僕の秘書が二・六ポンドの包みを運んできて、テーブルの上に置いた。太っちょは手を震わせながら包みを開け、小型ナイフでうすい一片を切り落として試食した。と思いきや、男は突然怒り狂って、泣きながらそのトリュフをめった切りにしはじめた。

「ああ、こん畜生め！」男は大声で言った。「こいつは偽物《にせもの》だ！　しかも最高の出来映えの偽物で、トリュフ独特のナッツのような香りさえするように偽装されている。だが、残念ながら、ここにあるのはどでかいクラッカーだ」次の瞬間、男は呆然《ぼうぜん》とする女神と僕を残してドアの外へ出ていってしまった。落胆を振り払うように、エイプリルがうるんだ目で僕の目を見つめた。

「あいつが出ていってくれてよかった」彼女が言った。「いまはもうあなたと私だけ。二人であのトリュフを探し出して、山分けしましょ。あのトリュフに催淫性《さいいんせい》があったとしても、私は別に驚かないわ」彼女はローブのスリップを十分なだけ広げてみせた。僕はもうほとんど、自然が血液をプログラムして引き起こす馬鹿げた隆起運動に負けそうになったが、すんでのところで生存本能が働いた。

「ほんとに申し訳ないんだけど」僕は後ずさりしながら言った。「僕は君の最後の旦那《だんな》のようになるつもりはないよ。つま先に札をつけられて、市の冷蔵庫に入れられるなんてまっぴらご免だ」

「何ですって？」彼女の顔が死人のように青ざめた。

「ちゃんとわかってるんだよ。美食家として世界に知られたハロルド・ヴァネスキュを殺したのは君だ。それぐらいのことを突き止めるのに、神童はいらないよ」彼女は逃げ出そうとしたが、僕はドアをブロックした。

「わかったわよ」観念したように彼女は言った。「私の負けね。そう、たしかに私はヴァネスキュを殺したわ。あの人とはパリで出会ったの。レストランでキャビアを頼んで、食べようとしたら、トーストの端でけがをしてしまったの。そしたら、彼が助けにきてくれて。赤い卵になんか見向きもしない彼の態度に、私、シビレちゃった。はじめのうちはうまくいってたのよ。次から次に贈り物攻めにされて。カルチエのホワイト・アスパラガスに、すごく高価なバルサミコ。二人で出かけるときに、私がそれを耳の後ろにつけるのが好きだって、彼、知ってたから。大英博物館からマンダレイ・トリュフを盗み出したのも、ヴァネスキュと私よ。ロープに逆様にぶら下がって、ダイヤモンドでガラスのケースをカットしたの。それで私はトリュフのオムレツを作りたかったんだけど、ヴァネスキュは別のことを考えていた。それを売って、そのお金でカプリに別荘を買いたかったのよ。はじめは悪くなかったの。でも、そのうちに、クラッカーに載る最高級のベルーガのキャビアの量が日増しに少なくなっていくことに気づいたの。株式市場で何か問題でも起きてるのって、私、彼に訊いたんだけど、鼻先であしらわれて。そのうちに私、彼が私に内緒で、ベルーガのキャビアから、すごくちっちゃな卵しか生まないセヴルーガのキャビアに変えていたことに気づいたの。で、そのあとで、ロシア料理のブリヌイにオセトラっていう茶色がかったキャビアを使ったことで彼を非難したら、あの人、短気を起こして口もきいてくれなくなっちゃったの。付き合っているうちにいつの間にか彼、お金に細かい倹約家になっちゃってたのよ。で、ある晩、予定を変更してうちに帰ったら、彼、肺魚の卵でオードブルを作ってたの。それでものすごい口論になって、私が離婚したいって言ったら、じゃあ、例のトリュフはどっちのものになるんだってことで言い争いになったのよ。私、頭に血が上って、炉棚に置いてあったトリュフをつかむやいなや、あの人のことを思いっきりひっぱたいたの。そしたら彼が倒れて、食後のミント菓子に頭をぶつけちゃったっていうわけなのよ。殺人の凶器を隠すために、私は窓を開けて、通り過ぎていくトラックの荷台に向かってトリュフを投げた。で、それ以来ずっと、それを探しつづけているっていうわけ。ヴァネスキュがいなくなったんだから、今度こそそれを平らげられると思ったのよ。いまからでも遅くないわ。二人であれを見つけて、山分けしましょ。あなたと私の二人で」

僕は、彼女の体が僕の体に触れたことと、彼女にキスされた瞬間、僕の両方の耳から蒸気が噴き出したことを忘れない。そして僕が彼女をニューヨーク市警に突き出したときに、彼女の顔に浮かんだ表情も覚えている。手錠をかけられて警官に連れていかれるエイプリルを目で追いながら、彼女の体の最高水準の「装備」にため息をついた。それから僕は、ライ麦パンの上にパストラミとピクルスを載せマスタードをつけて食べるために、カーネギー・デリへ急行した。これが僕にとっての夢のかたまりなのだ。

ハレルヤ、売れた、売れた！

Glory Hallelujah, Sold!

現ナマを求めて祈りの言葉を売りに出す者が現れたことで、インターネットのオークション・サイト、eベイは新たなる精神分野を開拓した。アイルランドのキルデア州に本拠を置く、プレアー・ガイと自称する者が五種類の祈りの言葉を売りに出し、それぞれ一ポンドから入札可能だが、精神的な救いを緊急に必要としている購入者は五ポンド払えばただちに購入することができる。

（『教会ニュース』二〇〇五年八月号）

テレビ番組の視聴率一覧が公表され『踊る行政監察官』がマイナス三十四パーセントだとわかったとき、ニールセンではわけがわからず、たまたまその番組にチャンネルを合わせてしまった人々がオイディプスのように自分の両目をくりぬいたのではないか、という噂《うわさ》が立った。事情はどうあれ、この業界では数字がすべてであり、番組のスタッフはプロデューサーのハーヴェイ・ネクターのオフィスに集められて、脚本家は全員、みずから去るか、銃を手にして別室へ行くかの選択を迫られた。『ヴァラエティ』誌が「恐竜を絶滅させた隕石にも匹敵する大失敗作」と呼んだものに関してスタッフの一員として自分の責任を軽く見るつもりはないものの、弁明としてこれだけははっきりと言っておきたい。基本的に僕は、身振りによるギャグで病院の火傷《やけど》治療班のシーンに活気をつけるために土壇場で投入された泥縄救助の専門家なのである。

テレビの仕事をして過ごしたこの数シーズン、僕にはちょっと辛いものがあった。僕の名前が出た多くの失敗作が、絨毯《じゅうたん》攻撃のごとく、次から次に容赦なく一貫して続くように思われたのである。エージェントのナット・ルイスから折り返しの電話がかかってくるまでの時間が日に日に長くなっていき、とうとう〈ノブ〉で鮭《さけ》を頰張《ほおば》っていた彼をつかまえたときに、僕ははっきりと言われた。この業界では、エンド・ロールに載っているハミシュ・スペクターの名前は青酸カリと同意語になった、と。

この一連の出来事でお手上げとはなったものの、生者のあいだにとどまるために最低限のカロリーだけは取る必要があったので求人欄を探しまわっていると、たまたま『ヴィレッジ・ヴォイス』誌の奇妙な求人が目に止まった。そこにはこう書かれていた。「吟遊《ぎんゆう》詩人は特別な文章を書きたいと望んでいた。高給。無神論者はご遠慮ください」

若い頃は懐疑論者だったけれども、最近は高級ランジェリー「ヴィクトリアズ・シークレット」のカタログをめくっているうちに、至高の存在を信じるようになっていた。もしかしたらこれは、新たにちょっとした現ナマが手に入る黄金の道かもしれないと考えた僕は、髭《ひげ》を剃《そ》ると、持っている服の中ではいちばんしかつめらしい、棺桶《かんおけ》を担ぐ人間がこぞって嫉妬《しっと》しそうな、黒の三つ揃《ぞろ》いのスーツを身に着けた。そして、プライヴェートな輸送手段と地下鉄の料金の両方をまたたく間に算定すると一目散に地下鉄の駅へと向かい、揺れに揺られてブルックリンまでたどり着いた。と、芳《かんば》しからぬ常連たちが球を突いている〈ロッキー・ソックスのビリヤード・アカデミー〉の上に、祈りの吟遊詩人モウの全米本社があった。

伝道の雰囲気とはほど遠かったけれども、中に入っていくと、そこには『ワシントン・ポスト』紙のオフィスのようなめまぐるしいエネルギーが満ち溢《あふ》れていた。部屋には小さな仕切りがたくさんあり、悩めるライターたちが次から次に祈りの言葉をひねり出していた。とてつもなく巨大な需要がそこにあることは明らかだった。

「入って」でっぷりと太った男が、ペストリーを次から次にちぎりながら手招きした。「祈りの吟遊詩人モウ・ボトムフィーダーだ。何か用かね？」

「求人広告を見たんです」僕は喉《のど》を詰まらせながら言った。「『ヴォイス』のやつです。全身マッサージをしてくれるヴァッサー大の女子学生の広告の真下に載ってました」

「そう、そうだった」自分の指を舐《な》めながら、ボトムフィーダーが言った。「で、君は詩篇の代書人になりたいのかな？」

「詩篇？」と僕は訊《き》き返した。「『主はわが羊飼いなり』とかそういうやつですか？」

「あれの悪口は言うんじゃない。ベストセラーなんだぞあれは。よっぽど運がよくなけりゃ、ああはいかん。経験は?」

「『僕のための修道女、ありがとう』というテレビ番組のパイロット版を書いたことがあります。中性子爆弾を作っているある修道院の、とても信心深い姉妹の話です」

「祈りの言葉はそういうのとは違うんだ」ボトムフィーダーは、僕を手で追い払うようなしぐさをしながら言った。「敬虔なものでなければならんし、希望も与えなければならない。しかし、だ。ここが、本当に才能のある神頼みの言葉の作成者と君のような折り紙つきの三文文士との違いなんだが、祈りの言葉はだな、それが実現しなくても、カモに、つまりその、信じた者にだな、訴えられないようにしないといかんのだ。わかるかな?」

「ええ、まあ。お金のかかる訴訟は、できれば避けたいというわけですね」

僕がひやかし半分でそう言うと、ボトムフィーダーはウィンクで答えた。彼が着ているあつらえの服やロレックスを見るかぎりではその優れたビジネス・マインドは、伝説の投資家サミュエル・インスルや、伝説の銀行強盗、故ウィリー・サットンのそれと異なるものではないように思われた。

「信じられんかもしれんが、俺も君と同じようにもとは下流社会の労働者だったんだ」そう言って彼は、訊かれもしないのに、みずからの下積み時代の話を始めた。「最初は、スーツケースを広げて、若い頃のラルフ・ローレン流にネクタイを売る仕事だった。俺たちは二人ともその後大成功した。奴はファッションの世界で、俺は大勢の人間から金を巻き上げてだ。ぶっちゃけた話、大多数の人間は一刻も早い精神的な救いを必要としている。つまり、どんなアホ野郎でもお祈りをするっていうことだ。そこで俺は昔のユダヤ教のカードを見ながら、パソコンでいかにも悲しげな祈りの言葉を二、三ひねり出してみた。と、当時付き合っていた女が思いつきで、eベイでオークションにかけてみたら、って言い出したんだ。そうしたらすぐに引き合いがどっと来て、人を雇わざるを得なくなったというわけだ。健康を願う祈りの言葉、恋愛の問題を解決するための祈りの言葉、昇給……マセラッティの新車が欲しいっていう奴もいた。田舎《いなか》に住んでる奴からは、もうちょっと雨が降ってほしいという要望もある。もちろん、競馬やスポーツの試合に賭《か》けてる人間からの引き合いもあるが、いちばん人気のあるのは、何と言ってもあれだよ。『ああ、天にまします父なる全能の神よ、どうか私を栄光の王国に永遠《とこしえ》に住まわせ給え。ただ一度だけ、宝くじに当選させ給え。ああ、そして主よ、カジノのメガボール・ゲームでもどうか大当たりを』。さっきも言ったとおり、祈りの言葉はこんなふうに、たとえ天国へのリクエストがうまくいかなくても、お縄を食らうようなはめにならないものでなくちゃだめなんだ」

そのとき、ドアがギーという音を立てて開き、困惑した表情の男が顔を出した。「あのですね、ボス」困惑顔のライターが甲高い声で言った。「アクロンに住んでる奴が、妻に男の子を授かるような祈りの言葉を書いてほしいって言ってきているんですが、いくら考えてもフレッシュなアイデアが浮かばないんです」

「ああ、そうそう、言うのを忘れてたな」ボトムフィーダーが僕に言った。「最近、注文に応じて細かく祈りの言葉を変えていくサービスを始めたんだ。個人の分不相応なニーズに合わせて定型文を書き換え、個人向けにあつらえ直した物乞いの文章を送っているというわけだ」それから彼は子分のほうに向き直ると、命令口調で言った。「『女が緑の牧草地に横たわり、子をたくさん産み落としますように』これで行ってみろ」

「さすがです、ミスターB」とライターは言った。「聖なる言葉に詰まったときはいつでも……」

「いや、ちょっと待って」僕は唐突に口をはさんだ。「『実り豊かに繁殖しますように』のほうがいいな」

「おお、いいじゃないか」とボトムフィーダーが言った。「こいつはなかなか切れ者だ」僕がその賛辞に酔いしれていると、電話が鳴った。ボトムフィーダーは受話器に飛びついた。

「はい、祈りの吟遊詩人、聖なるモウ・ボトムフィーダーです。え、何ですって？　それはすみません、奥様。うちの苦情係のほうとお話しいただけますでしょうか。お言葉ですが、うちでは、主がどんな要望にもお応えするとは保証しておりません。主なりに最大限の努力をなさるということです。ですが、気を落とされずに。まだ猫が見つかる可能性はあります。いえ、うちでは払い戻しはしておりません。祈禱《きとう》契約確認書に書いてございます小さな文字をご覧ください。そこには当方の法的責任と主のそれが正確に記されております。しかしながら、当方では、お電話いただいた方に無料優待券をお送りしております。それを持ってクイーンズ大通りにある〈ロブスター・グロット〉へ行き、『主が私を遣わされた』と言っていただければ、無料でカクテルをお召し上がりいただけます」そう言ってボトムフィーダーは電話を切った。「どいつもこいつも何だかんだと言ってくるんだ。先週も、ある女に違う封筒を送ってしまって告訴された。その女は、顔の整形がうまくいってほしくて神様の助けを多少欲しがっていたんだが、間違って、中東の平和を願う祈りの言葉を送っちまったんだ。で、せっかくシャロンがガザ地区から撤退したっていうのに、その女が手術台を降りたときにはボクサーのジェイク・ラモッタみたいな顔になっちまってたっていうわけだ。笑うしかないだろ？　どうする、やるか、それともやめるか？」

高潔さというのは相対的な概念で、ジャン・ポール・サルトルやハンナ・アレントのような深い洞察力を備えた知性にこそふさわしい言葉である。現実には、冬の木枯らしが吹きすさぶ中、住むところが二番街の段ボール箱の掘っ建て小屋しかない状況では、主義も崇高なる思想もトイレの配水管のかなたへと渦を巻いて消えていきがちなのである。というわけで僕は、ノーベル賞を狙う計画を延期し、歯ぎしりしながらわが文才をモウ・ボトムフィーダーに貸し出すこととした。それから半年間、あなたやあなたの家族がeベイで注文したり落札したりした神の助けを求める無数の祈禱文《きとうぶん》が、かつては、スペクター夫人が産んだ神童、と言われたハミシュ・スペクターの手で捻《ひね》り出されたことを、僕はここで告白しなければならない。僕が書いた金箔文の中には以下のようなものがある。「最愛なる主よ、私はまだ三十にしかならないのに、すでに禿《は》げはじめています。わが髪を元に復し、まばらとなった部分を芳香なゴムの樹脂と没薬《もつやく》をもって聖別されんことを。アーメン」ほかにもこんな名作があった。

「主なる神よ、イスラエルの王よ、私はこれまで体重を十キロ落とそうと努力してきましたが、叶いませんでした。どうかわが過ぎたる体重を打ちのめし、澱粉《でんぷん》食品や炭水化物から私をお守りください。そうです、死の谷を行く私を、どうか皮下脂肪の塊と有害なるトランス脂肪酸からお救いください」

祈りの言葉のオークションでこれまでに最高値がついたのは、おそらく僕が書いた次のような感動的な祈禱文だと思われる。「ああ、喜びのイスラエル、株式市場は上がりもうした。主よ、今度はナスダックにも奇跡をもたらしていただくわけにはまいりませぬか」

この結果、僕の口座にはベンジャミン・フランクリンが印刷されたお札が天与の糧《かて》のごとくに降り積もっていったが、それも、ある日シチリアのセメントでがっちりと塗り固められたような体格の浅黒い二人の紳士が、よりによってボトムフィーダーが外出中に、オフィスに立ち寄るまでのことだった。そのとき僕はデスクに座って、新しく家を買った人々が、建設業者が去勢されることを祈る祈禱の倫理性について熟考していた。突然の訪問者たちに用件をたずねる前に僕は、チーチという名前の男に襟首《えりくび》をつかまれ、アトランティク大通りのはるか上方の窓から外に吊《つる》し出されて、まるで横笛が立てるような音を立てていた。

「何か手違いがあったんだと思います」僕は眼下の舗道を、所与の好奇心以上に好奇心を発揮してまじまじと見つめながら、悲鳴を上げた。

「うちの妹が先週ここの祈禱文を買ったんだよ」と男は言った。「eベイで高額で落札したんだ」

「わかりました、わかりました」喉《のど》を詰まらせながら僕は言った。「ボトムフィーダーさんが六時に帰ってきますので、あとは彼が……」

「俺たちはあんたに伝言を伝えにきたんだよ。そろそろ例の共同住宅のほうで妹を受け入れてほしいと思ってな」とチーチは言った。

「あの祈禱文を書いたのはあんただって聞いたぜ」アイスピックを手にした兄のほうが言った。「そいつをいまここで聞かせてもらおうじゃないか。それもでかい声で」

男たちの要求を拒否して興を殺《そ》ぎたくなかったので、僕はソプラノ歌手のジョアン・サザーランドのように声を震わせながら問題の文を口にした。

「聖なる主よ、汝の無限なる叡智《えいち》で、パーク街と七十二番街の角に、寝室二つにダイニング・キッチンつきの部屋をお与えください」

「その祈禱文に、あいつは千二百ドル払ったんだ。現実になって当然だよな」そう言いながら、チーチは僕を荒っぽく部屋の中へ戻し、チャイナタウンのショーウィンドウにかかっている家鴨《あひる》のように僕をコートラックにひっかけた。

「さもなけりゃ、お前さんの手足を四つとも別々の住所に送り届けるまでだ」男たちはそう言い残して、祈りの吟遊詩人モウ・ボトムフィーダーのオフィスを後にした。彼らが完全に行ってしまったのを確認してから、僕もそれに続いた。

問題の建物が最終的にテレサ・カレブレッツィを居住者として受け入れたのかどうか僕は知らないが、僕の膝頭《ひざがしら》はいまもまだ粉々に砕《くだ》かれてはいない。ここ中米のティエラ・デル・フエゴにライターの仕事はそうたくさんはないけれども。アーメン。

大立者の落下にご注意

Caution, Falling Moguls

フォークナーが描いたヨクナパトーファ郡の八月を思い起こさせるような夏の猛暑と湿気を少しでも和らげるため、見るに耐えるコメディ映画を探そうと必死になって『タイムズ』の映画広告欄を熟読していると、珍しく幸運にも僕は『その若者は映画界に残った』というタイトルの低級映画を見つけた。郷愁を誘うそのドキュメンタリー映画は、魅力的な若きプリンスが端役の闘牛士俳優からハリウッドの映画会社の猛牛のごときトップに上りつめながら、盲目的な野心と結婚生活の破綻に胸を突かれ、隠し持っていた大量のコカインを折悪しくも公僕によって差し押さえられた結果、破滅していった姿を記録にとどめていた。ギリシャの詩人エウリピデスが描いたようなこの悲劇に心をかき乱された僕は、その晩寝る間を惜しんで、逸楽の園における不遜《ふそん》な行為をテーマに映画の脚本を書き上げた。その原稿は、宇宙からやってきたアヒルが大活躍する『ハワード・ザ・ダック　暗黒魔王の陰謀』以来絶えて久しかった、芸術的かつ商業的成功を約束するものだった。以下に、その中からいくつかのシーンを紹介しよう。

マンハッタンのウェストサイドにあるパパイヤ売り場にカメラが近づいていく。フランクフルトとココナッツ・ミルクを施しているのは五十代のしけた巡礼者で、年よりも老《ふ》けたその顔つきは、彼が運命の気まぐれないたずらに苦しんでいることを雄弁に物語っている。男の名前はマイク・ウムラウト。ピニャコラーダを作りながら悲しげに物思いに耽《ふけ》る彼を、上司のエクトピック氏が見守っている。

ウムラウト ああ、神よ、われを守り給え。かつてはスロット・マシーンのように利益を吸い上げる夢工場の輝かしいCEOだった私、マイク・ウムラウトは、いま、わが家のストーブの火を切らさないように、トロピカル・ドリンクを恵んでやっている始末です。

エクトピック さぁ、ウムラウト、早く。コーンドッグを早くしろってどなっている客がいるぞ。

ウムラウト はい、すぐに用意いたします。健康にいいビタミンの成分が失われないようにパパイヤをスライスしていたものですから。（うるさい八歳のガキのためにコーンドッグを取りに行きながら、自分に向かって）食べ物を商《あきな》うことから仕事人生を始めたこの俺が、最後に似たような仕事をするようになるとは、何と皮肉なことか。

画面が揺れて、カメラは『ビーバーも踏むを恐れるところ』のセットで仕出し屋として働くウムラウトの最初の仕事を映し出す。その作品は、パラマウント映画に近いスタジオで撮影された大作だった。カメラがドリーに乗って移動し、キャスト、スタッフ用のスナック・テーブルを映し出す。そこではプロデューサーのハリー・エピスが、どのおやつを盛り合わせるかで頭を悩ませている。

エピス （彼のイエスマン、モリバンドに向かって）どうしたらいい？　八週間で終わる撮影がもう二年も遅れてるっていうのに、主演俳優のロイ・リフラックスはギャップの店内で倒錯行為をしてつかまっちまった。俺の潰瘍《しゅよう》がホットケーキのでかさになっても何か不思議があるか？　おい、そこの仕出し屋、コーヒーのブラックとシナモン・デニッシュをくれ。

モリバンド 当面あいつの出ないシーンを撮影しておくしかないと思います。少なくとも、奴が保釈されるまでは。予算にはまたゼロがいっぱいくっつくでしょうが、リフラックスと契約したときから、あの男が厄介者だってことはわかってたじゃないですか。

ウムラウト あの、すみません、こんなことを言うのは何なんですが、いまお話しになっていた憂鬱《ゆううつ》な話が耳に入ってしまったものですから。その人の役を台本からなくしてしまったらどうなんですか？

エピス　何だと？　いま言ったのは誰だ？　俺の聞き間違いか？　それともいまのはパンの仕出し屋野郎か？

ウムラウト　考えてもみてください。あの人の役はたしかに笑えるかもしれませんが、絶対必要ってわけじゃありません。二、三回、脚本家の尻をたたけば、うまく台本を書き換えて、あなたをリフラックスから永久に解放してくれますよ。『ヴァラエティ』誌の言うことが正しいなら、あのそば粥《がゆ》野郎にあなたはギャラを払い過ぎなんですから。

エピス　たしかにこいつの言うことは正しい。この下働きのシャクトリ虫君はわが取り巻き連中の目の前からヴェールを取り払ってくれたんだ。下流君よ、お前さんは頭の回転が速いな。しかも、そいつはパンのまわりだけをまわっているわけじゃなさそうだ。

ウムラウト　ところで、だんな、潰瘍があるんでしたら、コーヒーのブラックとシナモン・デニッシュはお持ちできませんよ。コーヒーはカフェインたっぷりですし、デニッシュのほうにはスパイスがいっぱい入ってますからね。よろしかったら、もっと食べる人にやさしい卵料理を出させてもらえませんか。

エピス　このルネッサンス男のヴィジョンに際限はないのか？　本部にお前さんのような奴にうってつけの場所がある。これからは、ビューボニック映画社で作られるすべての映画をお前さんが取りしきることになるだろう。

画面は、グローマンズ・チャイニーズ劇場で行われるプレミア試写会に切り替わる。「一年後」という文字が、ロビーを埋め尽くしたきらびやかな人々を映し出した映像の上にかぶる。大立者とスーパースターたちがごちゃまぜになって、エージェントや監督、魅惑的な若いファンたちと偽善的な言葉を交わしている。カメラは、ヒッチコック流にシャンデリアから移動し、新たに契約を結んだエージェントのジャスパー・ナットミートと小声で話をするマイク・ウムラウトの震える両手をクローズアップにする。

ナットミート　気楽に、気楽に。君がこんなに緊張したところは見たことがないな。

ウムラウト　あなただったら、緊張しませんか。これはプロデューサーとして僕が作ったはじめての映画なんですよ。この『青ざめた内分泌学者を見よ』が当たらなかったら、僕はおしまいなんです。映画会社の金庫から五千万ドルも引き出して、トマス・クラッパーに賭《か》けたんです。

ナットミート　自分の直感を信じなくちゃだめさ。君はアメリカ人が鉄の製錬過程を描いた映画を見たがっていると本気で思ったんだろ。

ウムラウト　僕は自分の未来をそれに賭けてみたんです。でも、ほかに何ができるって言うんです？　僕は夢想家なんですよ。

そこで、ビロードのように滑らかな声が、ウムラウトの白昼夢に割り込んでくる。

ポーラ　私があなたの夢を現実にしてあげるわ。

ウムラウトがはっとしてまわりを見まわすと、画面にまだ二十代前半の金髪の女性が現れる。彼女がヒュー・ヘフナーの邸宅経由でオリンポスの山上から降りてきたことは疑いようがない。

ウムラウト　（驚いて）細胞が幸運な塊となった君はいったい誰なんだ？

ポーラ　ポーラ・ペッサリーよ。いまはまだスターの卵にすぎないけど、ちょっとしたきっかけさえあれば、本当に頼りになる層の観客をとりこにしてみせるわ。

ウムラウト　そこまで言うなら、僕がそのチャンスをつかませてあげるよ。

ポーラ　（ウムラウトの頬《ほお》を撫《な》でながら）私ね、感謝の気持ちを表現するしかたをよく心得ているのよ。

ウムラウトが着ていたタキシードの蝶《ちょう》ネクタイが、プロペラのように回転しはじめる。

ウムラウト　僕は君と結婚して、君をこの蒼穹《そうきゅう》一明るいスターにするよ。全天中でいちばん明るい大犬座のシリウスよりもね。

ポーラ　マイク・ウムラウトが結婚するですって？　この金ピカの街でいま売り出し中のアーヴィング・サルバーグとあなたは、夜な夜な、あっちこっちのナイトクラブで目撃されているのよ。いつも新しいネズミちゃんを連れてね。

ウムラウト　それは今夜までのことさ。今夜、地球は大変動を起こしたんだ。

ナットミート　（走ってやってきて）批評が出たぞ。映画は大成功だ。君はもう一本たりとも電話をかけ直さなくていい！

画面がビューボニック映画社の外観に切り替わる。それから、中にいる新しいボスのマイク・ウムラウトを映し出す。彼は自分のオフィスの椅子《いす》に座り、その壁には、ウォーホールやステラの絵があちこちに飾られ、趣味の広さを示すためにフラ・アンジェリコの絵も何枚か混じっている。ウムラウト本人のまわりには、制服を着た使用人や用心棒がたくさんいる。いまや副社長となったナットミートもいて、ほかに、どこにでも顔を出す二人の契約担当者、アーヴィッド・マイトとトビアス・ゲルディングもいる。画面は、秘書のミス・オナスと忙しい彼女に次々と大声で指令を出すウムラウトの二人に寄っていく。

ウムラウト　ウォルフラム・ファイカスを電話でつかまえて、『この愚かなるニワトリたち』の台本を送ると伝えてくれ。で、薬屋のヨウントのパートを読ませるんだ。それからプライヴェート・ジェットの手配もよろしくな。シアトルで『不承不承の死体防腐処理人』の秘密の試写会があるんだ。それから、ロデオ・ドライブにジェット・タクシーを寄こして、ランチのあと〈スパーゴ〉の前で拾うように手配してくれ。

ゲルディング　ボス、週末の数字が出ました。『ドブネズミとジプシーたち』がミュージック・ホールですべての記録を更新しています。

マイト　『学習障害の闘牛士』もです。あなたが手を触れたものすべてがプラチナに変わります。

ウムラウト　なあ、お前たちは、ギルガメシュは読んだことあるか？

全員が力強く頷《うなず》く。

ナットミート　あのバビロニアの教典のことですか？　あれなら何度か読んだことがありますが、それが何か？

ウムラウト　ひと言だけ言っておこう。ミュージカルだ。

ナットミート　（恭しげに）さすが、さすがでございます……。

いまやウムラウト夫人となったポーラ・ペッサリーが入ってくる。タイトなヴェルサーチのドレスを着た彼女は、カツレツの上に載ったユダヤのマッツォ・パンのような肉感的な曲線を浮かび上がらせている。

ポーラ　『逆さ蠕動《ぜんどう》』の前評判が入ってきたわよ。私は現代のガルボで、あなたは陰で糸を引く育ての親のスヴェンガリですって。

ウムラウトがポケットからティアラを取り出してポーラの頭の上に置く。二人はキスを交わす。

ゲルディング　愛とはたいしたものですね。この黄金のカップルを見よ。洪水や飢饉《ききん》がどれほどこの青き地球を襲おうとも、二人の仲は、ただ愛と高収益によってさらに強められていくばかりだ。

画面が、コオナバラブランで撮影されている映画のセットに切り替わる。監督のリッポ・シーギッツがウムラウトに食ってかかる。

シーギッツ　この無知な俗物め！　これは俺の映画のはずだぞ！　俺が芸術面のすべてを取りしきることになっていたはずだ！

ウムラウト　セリフをいくつか変えるぐらいが何だっていうんだ？

シーギッツ　セリフを変えるだ？　盲目のコンサート・ヴァイオリン奏者が海軍の特殊部隊員になったのがか？

ウムラウト　そのほうが元気が出るんだよ。いいか、シーギッツ、僕がただ忙しく数字をいじくってるだけの、スーツ姿の受け身の重役とは違うってことはわかってるんだろ。僕は創造的な、参加型の人間なんだよ。それからな、モーツァルトのことは忘れてくれ。音楽はロックで行くことにした。そのためにエピカックっていうグループも雇ったよ。

シーギッツ　（小道具の鍬《くわ》でウムラウトに襲いかかりながら）このヘボなお節介野郎め、八つ裂きにしてやる！

警備員が突進してきて、シーギッツを外へ連れ出す。

ナットミート　ボス、心配しないでください。もっと順応性のある夢職人とすぐに交代させますから。街にはそんな奴、ごまんといるんです。渋い顔をして、いったいどうしたんです？　あんなニセモノの素人野郎の言うことなんか気にしないでくださいよ。

ウムラウト　そうじゃないんだ。妻のポーラのことなんだ。

ナットミート　え、いったいどうしたんです、ボス？

ウムラウト　あいつ、共演者のアガメムノン・ワーストと関係を持っているんだ。だが、誰に彼女を責められると言うんだ？　仕事中毒の僕は、あいつがアメリカでいちばん興行成績のいい男とパリのロケ地に映画を撮りにいくというのに、それに目をつぶっていたんだからな。映画はもう二年も前に撮り終えているのに、奴らはまだロケ地にとどまっているんだ。あんな映画の編集にそんなに時間はかかりゃしないよ。

ナットミート　あのイカれ野郎ですか？　あんな奴、電話一本でこの業界から葬り去れるじゃないですか。

ウムラウト　いや、僕は倫理に反したことはしたくないんだ。だから僕は二人の幸せを祈った。しかしおかしなもんだよ。僕たちはかつて永遠の愛を誓ったのに、いまあいつは僕に車のキーのありかさえ教えようとしないんだからな。

画面が着陸するヘリコプターに切り替わり、興奮したアーヴィッド・マイトがウムラウトのところへ駆けつける。

マイト　すごい数字です。ゴージャスです。『ラブ・チメス』のリメイクがモンスター・ヒットになったんですよ、ボス。ボスなら、ロスの電話帳を撮影したって、大当たりを取れますよ。

ナットミート　ボス、おかしな目つきをしてますぜ。そんな目を見たのははじめてです。あのひん曲がったジキルとハイドのスマイルをお願いしますよ。頼みますから、あっち側へ行っちまわないでくださいよ。

音楽が響いて、画面は六か月後に切り替わる。ウムラウトのホームビー・ヒルズの邸宅。オフィスと同じようにここの壁にも、ロバート・ラウシェンバーグやジャスパー・ジョーンズの絵があちこちに飾られ、近代絵画の味付けとしてフェルメールも点在している。半ダースほどの無表情な家具の運送屋たちが、その絵画を壁からはずし、彼の所有するすべてのものを引き揚げるかたわらで、ナットミートがウムラウトを慰めている。

ナットミート　やりすぎないように言いませんでしたか？　口をすっぱくして、行きすぎた野心をもたないように忠告しませんでしたか？　たとえば、あのギリシャのイカロスを引き合いに出して。

ウムラウト　ああ、だけどな……。

ナットミート　だけど何です？　アーヴィッド・マイトが、あんたなら電話帳を撮影したってヒット作にできるなんて言ったのは、大袈裟《おおげさ》なことを言ってあんたをおとしいれるわなだったんですよ。そんなことを真に受けるのは、どっかのアホんだらか、誇大妄想を抱いた奴しかいませんよ。相手は電話帳ですよ、電話帳。

ウムラウト　俺が何をしたって言うんだ。

ナットミート　あんたは、二億ドルという過去最高の予算を使って、何の価値もないコンクリートのジャガイモ・ホットケーキを作ったんです。それで追放されても、アマルガム・スシの役員会を責められないと思いますよ。日本の企業体のほうだって、損失を取り戻すのに、これからブリを売りまくらなくちゃならないでしょうからね。

最後の家具が運び出されると、ウムラウトは地元の警察官に身ひとつでつまみ出され留置場に放り込まれ、邸宅の敷地にはベドウィンの家族が住みつく。画面は現在に切り替わり、気の短い六人の労働者たちのオレンジ・ネクターの注文に応えるのに忙しいウムラウトを映し出す。そこへ一台の車が乗りつけ、ウムラウトの弁護士であるネスター・ウィークフィッシュが、書類を片手に姿を現す。

ウィークフィッシュ　ウムラウト！　ウムラウト、君の忠実なる弁護士が大ニュースを持ってきたぞ。

ウムラウト　弁護料のことだったら、もう聞いたよ。

ウィークフィッシュ　たわ言を言うのはやめてくれ。すべてはバラ色だよ。アマルガム・スシに対する訴訟は何年もかかったが、ついにわれわれは勝ったんだ。

ウムラウト　それはつまり、映画会社はもう、失職時に高額な退職金を支払う契約に異議を唱えないっていうことなのか？

ウィークフィッシュ　そのとおりだ。君が結んでいた契約の下では、契約が終了した時点でむこうは六億を支払わざるを得ないのさ。君はもう復活したんだよ！

ウムラウト　（エプロンをはぎとりながら）僕は金持ちだ！　六億ドルだ！　このパパイヤ・チェーンを丸ごと買い取って、ミスター・エクトピックをクビにすることだってできる。家も、ジェット機も、フェルメールも買い戻せる！

ウィークフィッシュ　おい、おい、ちょっと待ってくれよ。われわれはスシ企業体に勝ったんだぜ。六億は六億でも、俺が言っているのは、六億個のハマグリ、二枚貝のことだよ。

ウィークフィッシュが身振りで外を示すと、ちょうど冷凍トラックが、ウムラウトが勝ち取ったばかりの積荷を降ろそうとしている。ウムラウトが二枚貝用のナイフを手にしてウィークフィッシュに襲いかかる中、カメラは後方へ退き、クレーンの上からすべてを見渡して、『風と共に去りぬ』の中で傷ついた南部連合軍を映し出したシーンにオマージュを捧げる。溶暗。

不合格
The Rejection

その手紙を開封して中身を読んだとき、ボリス・イヴァノヴィチは、妻のアンナともども真っ青になった。それは、二人の三歳になる息子のミッシャが、マンハッタンでも指折りの幼稚園に不合格になったことを知らせる手紙だった。

「こんなことはあり得ない」ボリス・イヴァノヴィチは打ちひしがれて言った。

「嘘《うそ》よ、嘘、きっと何かの間違いだわ」妻も夫に同調した。「だって、あの子は利発で、明るくて社交的で、言葉遣いもきちんとしているし、クレヨンだって、ミスター・ポテト・ヘッドのオモチャだって、上手に使いこなせるんだから」

ボリス・イヴァノヴィチの耳にはすでに妻の話は入らず、自分だけの空想に耽《ふけ》っていた。かわいいミッシャが評判の幼稚園に入り損なったなどということをベア・スターンズの同僚にどう説明したらいいだろう？　彼には、シミノフがあざけるようにこう言う声がいまにも聞こえてくるようだった。「わかってないんだな、君は。こういうことにはコネが大事なんだよ。金だってつかませなくちゃだめさ。ボリス・イヴァノヴィチ、君はとんだ田舎者《いなかもの》だな」

「いや、そうじゃないんだ」ボリス・イヴァノヴィチは必死に反論していた。「教師から窓拭《ふ》きまで全員に心づけを贈ったのに、それでもうちの子はだめだったんだよ」

「面接はうまくいったのか？」シミノフは訊《き》くだろう。

「もちろんさ」ボリスは答える。「ブロックを積むのにちょっと手間取りはしたけどね……」

「ブロックがだめだってことは」シミノフが馬鹿にしたように哀れみを含んだ声で言う。

「感情面で重大な問題があるってことだからな。お城も作れない低能児を誰が欲しがると思う？」

ああ、なんで僕はシミノフなんかとこんな話をしているのだ？　きっと奴はうちの息子の話なんか知らないに違いない。ボリス・イヴァノヴィチはそう思った。

だが、月曜日に出社してみると、すでに全員が知っていることは火を見るよりも明らかだった。ボリス・イヴァノヴィチのデスクの上には幼児教育の本が置かれていた。シミノフが入ってきた。彼の顔が雷雲のように見えた。「わかってると思うけど」とシミノフは言った。

「その子は一流大学には絶対に入れないぞ。アイヴィ・リーグはまず無理だろう」

「今度のことだけでか、ディミトリ・シミノフ？　幼稚園が高等教育にまでそんなに影響するっていうのか？」

「名前は言いたくないが」とディミトリ・シミノフは言った。「もう何年も前に、有名な投資銀行家が、やっぱり息子を最高ランクの幼稚園に入れ損なったんだ。どうやらフィンガー・ペインティングの能力に問題があったらしい。何にしてもだ、その子は親が選んだ幼稚園に入園を断られて、無理やり……」

「何だよ？　言ってくれよ、ディミトリ・シミノフ」

「いや、つまりさ、五歳になったとき、その子は無理やり……その……公立校に行かされたっていうことさ」

「やっぱり神様はいないんだな」

「十八歳になったとき、その子の昔の友達はみんなイェールかスタンフォードに入ったんだ」シミノフは続けた。「だが、その哀れな子は、何と言うか、その……適切なステイタスのある幼稚園の卒園証明書を手にできなかったために、理容学校でしか受け入れてもらえなかったそうだ」

「頰髭《ほおひげ》の手入れをやらされているっていうのか」ボリス・イヴァノヴィチは、哀れなミッシャが白衣を着て金持ちの髭を剃《そ》っている姿を想像して、大声で叫んだ。

「おままごとや砂場遊びにさしたる実績を残せなかったその子には、人生の残酷な一面に対する備えがまったくできていなかったんだ」シミノフは続けた。「結局、その子はいくつかつまらない仕事をしたあとで、酒代欲しさに雇い主から金をちょろまかす始末さ。そのときにはもう救いようのないアル中になっていたんだよ。言うまでもなく、金をちょろまかせなくなると今度は泥棒に入り、最後は女の大家を殺して、手足をばらばらにしちまった。絞首刑になるときに、その子は言ったそうだよ。すべては、ちゃんとした幼稚園に入るのに失敗したのが原因です、とな」


その夜、ボリス・イヴァノヴィチは眠れなかった。彼は、手の届かないアッパー・イーストサイドの幼稚園の、楽しそうで明るい教室を思い描いた。子供服の高級ブランド・ボンポワンに身を包んだ三歳の子供たちが、切り貼りをしたり、ジュースやゴールドフィッシュ・クラッカーやチョコレート・グラハム・クラッカーなどの元気になるおやつを食べたりする姿が目にうかぶ。ミッシャがその一員となることを拒否されるとすれば、人生の意味どころか何の意味もありはしなかった。彼は、すでに大人になった息子がある誉れ高い企業のCEOの前に立って、動物や物の形や、その他深く理解していることを期待される物事に関して質問されている光景を想像した。

「あ、ええとですね……」ミッシャは声を震わせていた。「それは三角形です、いや、そうじゃなくて、八角形です。ええと、それはうさぎです、あ、すいません、間違えました、カンガルーです」

「では、『マフィン売りの男』の歌詞は？」CEOがたずねた。「わがスミス・バーニー社の副社長は全員この歌をそらで歌えるんだ」

「正直に申し上げて、私はその歌をきちんと習ったことがありません」若者がそう認めると、彼の履歴書はごみ箱行きと相なった。

不合格になると、アンナ・イヴァノヴィチの毎日は物憂げなものとなった。子守りと言い争い、ミッシャの歯を上下ではなく横に磨くと言って彼女を非難した。アンナはまた、規則正しい時間に食事をしなくなり、かかりつけの精神科医に泣き言を並べ立てた。「きっと私が神の意志に反する罪を犯したので、こんなことになったのね」彼女は泣き叫んだ。「やりすぎたのよ、きっと。プラダで靴を買いすぎたの」アンナは、ハンプトン行きのバスが自分をひこうとする光景を妄想し、アルマーニから明確な理由もなく引き落とし口座の利用を取り消されると、今度は寝室にこもって、情事に耽るようになった。そのことをボリス・イヴァノヴィチに隠しておくのはむずかしかった。というのもボリスも同じ寝室を使っていて、僕らの横にいる男は誰だい、と何度となく彼がたずねたからである。

すべてが最悪の状況に思えたとき、友人の弁護士シャムスキーがボリス・イヴァノヴィチに電話をかけてきて、一縷《いちる》の希望がないわけでもない、と言い、〈ル・シルク〉でランチでも食べようと誘った。ボリス・イヴァノヴィチは変装して出かけていった。なぜなら、幼稚園のことが表沙汰になって以降、そのレストランから立ち入りを拒否されていたからである。

「たしかフョドロヴィチという名前の男がいてね」クレーム・ブリュレをスプーンですくい

上げながら、シャムスキーが言った。「彼に頼めば、君のところの子供に二回目の面接のチャンスを作ってくれると思うよ。そのお礼に君はただ、株が突然高騰《こうとう》したり、急激に下がったりする可能性のある会社の機密情報を、ずっと彼にこっそりと教えてやればいいんだ」

「だけどそれはインサイダー取引だよ」ボリス・イヴァノヴィチは言った。

「そりゃ、連邦法を厳密にとらえればの話だろ」シャムスキーが言った。「いいかい、俺たちはいま超難関幼稚園に合格するっていう話をしてるんだぜ。もちろん、寄付だって有効さ。これ見よがしなのはだめだけどな。たしか、いまあの幼稚園は新館を建てるための費用を用立ててくれる人間を探していたはずだ」

そのときだった。ウェイターのひとりが、つけ鼻とかつらをつけたボリス・イヴァノヴィチの変装を見破った。そのウェイターは激昂して近づいてくると、彼をドアの外へ引きずり出した。「まったく！」ボーイ長が言った。「俺たちをだませるとでも思ったのか。とっとと出ていくがいい！ ああ、そうそう、あんたの息子が将来大きくなったら、皿洗いでよけりゃいつでもうちで雇ってやるよ。さようなら、お手玉さん」

その夜、帰宅したボリス・イヴァノヴィチは、賄賂《わいろ》に使う金を捻出するためにアマガンセットの家を売る必要がある、と妻に切り出した。

「何ですって？ 私たちの大切な別荘を売ってしまうって言うの？」アンナは大声を出した。「私は姉たちと一緒にあの家で育ったのよ。あの家には、海へ出るのに隣りの家の敷地内を通る通行権もついていて、それが隣家の台所のテーブルの上を横切るコースだったの。私、海で泳いだり遊んだりしに行くのに、みんなでチェリオのシリアルが入ったボウルのあいだを縫って歩いていったのをいまでも覚えてるわ」

運命がそうさせたのか、ミッシャが二度目の面接を受けにいく朝、飼っていたグッピーが突然死んだ。何の前触れもなく、以前病気にかかったことも一度もなかった。しかも、精密な健康診断を受けたばかりで、健康度はAの上というお墨付きをもらっていたのである。当然のことながら、少年はひどく気落ちして、面接ではレゴにもライト・ブライトにも触れようとさえしなかった。そして、教師に年齢を訊かれると、つっけんどんにこう答えた。「そんなこと訊いてどうするんだよ、でぶ」少年はふたたび入園を見送られた。

いまや無一文となったボリス・イヴァノヴィチとアンナは、ホームレスの収容施設に住まいを移した。そこで二人は、子供が一流校に入れなかったたくさんの家族に出会った。二人はときどき彼らと食べ物を分け合いながら、プライヴェート・ジェットやフロリダの会員制クラブで過ごした冬の懐かしい昔話に耽った。ボリス・イヴァノヴィチは自分よりもさらに不運な人間――純資産が足りないために、高級マンションへの入居を管理組合から拒否された人間にもめぐりあった。そうした受難を経験してきた人々の顔は一様に、宗教的な輝きに満ち満ちていた。

「いまでは僕にも信じるものができたよ」ある日、彼は妻にそう言った。「僕はいま人生には意味があると信じているし、裕福でも貧乏でも、すべての人間は最終的には神の国の住人になるんだよ。なぜかって言うとね、マンハッタンはもう人が住めるところではなくなりつつあるからさ」

歌え、ザッハートルテ

Sing, You Sacher Tortes

ノミの博物館を作って四十二番街のうぶな人々を魅了したヒューバートなきあと、ブロードウェイ界隈《かいわい》に、無類のクズ作品興行師フェイビアン・ワンチに匹敵するいかさま師は現れていない。禿《は》げかかった頭に、両切り葉巻をくゆらせ、万里の長城のように泰然自若《たいぜんじじゃく》としたワンチは古いタイプのプロデューサーで、体型的には、往年のプロデューサー、デイヴィッド・ベラスコというよりはむしろ、名うての殺し屋〝キッド〟・ツイスト・レルズに似通っていた。首尾一貫して大失敗作を連発したことから、彼がいったいどのようにして劇場が新たに大破滅を蒙《こうむ》るための資金を調達してきているのかについては、いまもひも理論と同レベルの謎《なぞ》とされている。

それ故に、先日、コロニー・レコード店でラスティ・ウォレンを物色しているときに、サイ・シムズのスーツをまとった太い腕が僕の肩甲骨《けんこうこつ》のあたりに伸びてきて、ピノーのライラックの香りとホワイトオウル葉巻のかびのような臭いとの混合刺激臭で視床下部が壊滅的打撃を受けながらも僕はかろうじて、ポケットの中の財布が危険にさらされたときのアワビのように本能的に自分にしがみついているのを感じ取ることができたのである。「これはこれは」聞き慣れたしわがれ声が聞こえてきた。「ちょうど会いたいと思っていたところだ」

僕は何年にもわたって、ワンチが絶対確実だと言う芝居の何作かに資金を提供した（法律上の）心神喪失者のひとりだった。最後の作品は、ロンドンのウェストエンドで初演された『ヒヨス事件』という芝居で、水量を調整できるシャワーヘッドの発明と製造の歴史を記録にとどめたものだった。

「フェイビアンじゃないか！」僕は彼の調子に合わせて歓声を上げた。「初演の夜に批評家連中と君がちょっとした騒ぎを起こして以来、話してなかったんじゃないか。奴らに催涙ガスを吹きつけたりしたから、かえって事態を悪化させたんじゃないかと思ってたんだ」

「ここではちょっと話せない」お猿の興行師は小声で言った。「俺たちの純資産を天文学者にしか意味をなさないような桁数《けた》に大化けさせるのが絶対確実な構想を、そこいらの口の軽い奴に聞かれたら大変だからな。アッパー・イーストサイドに、小さいビストロがあるんだ。そこで俺にランチをおごってくれ。そしたら、地方巡業だけでもあんたの子供の子供にまでパンノキの実ぐらいのルビーを買ってやれる興行のパートナーにしてやるよ」

僕がもしイカだったら、この前口上だけでも黒墨を発射するのに十分な理由になったことだろう。それにもかかわらず、大声を上げて機動隊を呼ぶ前にまんまと丸め込まれて、気がつくと、わざわざ街の反対側にある地味なフレンチ・レストランにいた。そこでは、ひとりほんの二百五十ドルで『イワン・デニソヴィッチの一日』のイワンのような食事をすることが可能だった。

「ミュージカルの傑作を片っ端から分析してみたんだがな」ワンチが、五一年もののムートンとテイスティング用のメニューを注文しながら言った。「共通するものは何だと思う？わかるかな、あんたに」

「一流の音楽と歌詞かな」僕は思いきって自分の意見を言ってみた。

「そりゃあ、まあ、当然だよな。それくらい誰が考えたってわかる。俺はすでに隠れた天才をひとり発掘して、日本人がトヨタ車を大量生産するようにヒット・ソングを書かせたよ。いまそいつは他人の犬を散歩させて生活の糧《かて》を稼いでいるが、俺はその若者の全作品に通じている。どれもみんな、アーヴィング・バーリンがああいう状況に置かれたら書きたがったような作品さ。だが、問題は音楽じゃなくて、一流の脚本《ほん》なんだ。そこで俺様の出番というわけだ」

「君が物を書くとは知らなかったよ」僕がそう言っているあいだにも、ワンチは次々と殻からエスカルゴを吸い上げていった。

「われわれのショウのタイトルは『世紀のお楽しみ』だ」と彼は続けた。「そのタイトルにはおちゃめな言葉遊びが入ってるのを忘れないでくれよ。英語のfun（お楽しみ）とフランス語のfin（末）をかけてるから『世紀末』って意味にもなるわけだ。つまり、そのショウの舞台は始めから終わりまでウィーンだっていうことさ」

「ウィーンって、現代のかい？」

「馬鹿ばかしい。もっと古めかしい時代だよ。女がみんな『マイ・フェア・レディ』や『ジジ』のように、馬車に乗ってガウンを着ていた時代さ。そこには無数の型破りのボヘミアンたちがいて、みんなリングシュトラッセで馬鹿な真似《まね》をしているが、重要なのは、クリムトにシーレにシュテファン・ツヴァイクだけだ。それと、田舎のペテン師、その名もオスカー・ココシュカだ」

「錚々《そうそう》たる面々が揃《そろ》ったね」僕は調子を合わせた。ワンチの両頰《ほお》は、フランスのボルドー地方への敬意ですでに真っ赤に染まっていた。

「で、問題は、この錚々たる面々がどんなキツネに夢中になるかってことだ」彼は続けた。「愛の対象と言ったほうがいいかな。それは、地元のセクシーな女、アルマ・マーラーだ。たぶん名前は聞いたことがあるだろう。その女は奴らみんなを手に入れたんだ。マーラーにグロピウスにヴェルフェル。全員が彼女のTバックを探し求めたんだ」

「いや、それは知らなかったけど……」

「俺は知っている。と言っても、ストーリーに関してはかなり自由気ままにやらせてもらうつもりだ。そうでなけりゃ、眠気を誘うもんができちまうからな。使う言葉も現代的にするつもりだ。たとえば、こんな調子さ。ブルーノ・ワルターがヴィルヘルム・フルトヴェングラーに出くわして言う、『やあ、フルトヴェングラー、土曜日の晩、リルケのバーベキュー・パーティに行くのかい？』フルトヴェングラーが答える。『バーベキュー・パーティ？』明らかに奴が招待されていないのを知って、ワルターが言う。『おっと、ごめん。またよけいなことを言っちゃったみたいだ』と、まあ、こんな調子で、会話は現代の都会風で行くつもりなんだ」

ワンチが熱々のフォアグラを貪《むさぼ》り食べているのを見ながら、僕は脊椎《せきつい》の重要な何本かが感覚を失いはじめるのを感じて、息をしようとしてネクタイを緩めた。

「それでだ」彼はさらに調子に乗って言った。「まずは序曲が来る。軽くて覚えやすいメロディだが、十二音音階がいいだろう。シェーンベルクを思わせるからな」

「だけど、その時代のウィーンなら当然、あの美しいシュトラウスのワルツが必要だろ」僕は口をはさんだ。

「早まるなって」追い払うような手振りをしてワンチが言った。「そいつは最後まで取っておくんだ。二時間たっぷり無調様式の曲を聴かせて、聴衆が救いを求めてあえぎだしたときに使うのさ」

「だけど……」

「序曲のあと幕が上がると、そこにはバウハウス様式のセットがある」

「バウハウス？」

「形式は機能に追随するってわけさ。実際、オープニングでは、ウォルター・グロピウスとミース・ヴァン・デル・ローエとアドルフ・ロースが『形式は機能に追随する』を歌うんだ。『ガイズ・アンド・ドールズ』で『賭博師《とばくし》のフーガ』が最初に来るようなもんさ。それが終わると、アルマ・マーラーその人が舞台に現れる。ジェニファー・ロペスなら、きつすぎるって言って袖《そで》にするようなフロックコートを着てだ。アルマと一緒に、作曲家の夫グスタフ・マーラーも入ってくる。『いつも暗い顔して、さ、行きましょ』と彼女が言う。『さ、早く』

『シュトルーデル菓子をあとひとつだけ』か弱い作曲家が答える。『血糖値を上げておかないと、毎日の死すべき運命との闘いに負けてしまいそうなんだよ』」

「この会話が続いているあいだに」ワンチが微に入り細を穿《うが》って説明してくれる。「グロピウスがアルマに目配せを送り、それで心を動かされたアルマが『私はグロピウスにまさぐられたい』を歌う。そこで舞台が暗転して第一場が終わり、第二場が始まったときには、彼女はグロピウスと暮らしていて、ココシュカと浮気をしているときた」

「彼女の夫のグスタフはどうなったんだい？」僕はたずねた。

「どうなったと思う？　奴はだな、アルマへの思いを募らせながら、ドナウ川をじっと見つめている。そして、奴がいまにも投身自殺をはかろうとしたそのとき、無調音楽の巨匠アルバン・ベルクが自転車でそこを通りかかるんだ」

「まさか！」

「『マーラー、いったいどうしたんだ？　君まさか臆病者の道をたどろうとしているんじゃあるまいね』そうベルクがたずねる。マーラーは夫婦の痴話をベルクに話して聞かせる。するとベルクが、僕にいい考えがある、と言うんだ。ベルガッセの十九番地に長い髭《ひげ》をはやした男が住んでいて、前は数ペニヒで一時間だったんだけど、いまはなぜか五十分間だけ——その理由は僕に訊かないでくれよ——知恵を絞ってくれるらしいんだ」

「ベルガッセ十九番地だって？　ちょっと待ってくれよ、マーラーがフロイトの患者だったことは一度もないよ」僕は抗議した。

「いいんだよ。俺はあいつを強迫性の吃音者《きつおんしや》にしたんだ。で、それがフロイトの興味をそそる。子供の頃のトラウマだ。マーラーは一度シュラークで白カモメが溺《おぼ》れるのを目撃したことがあった。いま彼はそれを思い出している。舞台の中央で長椅子《ながいす》の背が倒され、フロイトが喜劇ナンバーの傑作『何でも思いついたことを話しなさい』を歌う。フロイトとくれば、何にでも二重の意味があって当然で、われわれはウィーンの社会道徳を引《ひ》っ剝《ぱ》がして、マーラーのような偉大なる交響曲の作曲家でさえ、表向きは崇高なる精神を発揮して作品を作っていても、意識下では、女の下着やビールやラグタイムに強い関心を寄せていることを明らかにするんだ。フロイトはマーラーを解放し、彼はまた書けるようになる。そしてその結果としてマーラーは、生涯続いていた死の恐怖を克服するんだ」

「マーラーは死の恐怖をどうやって克服するのかな？」

「死ぬことでさ。俺も考えたんだが、それが唯一の方法だな」

「なあ、フェイビアン、いくつか問題があると思うんだ。君はマーラーの作曲家としての悩みについては何も言及していないじゃないか。アルマを失って意気消沈していると言っただけだ」

「そのとおり」とワンチは答えた。「だからこそ、マーラーはフロイトを医療過誤で告訴するんだよ」

「だけど、マーラーは死ぬんだろ。どうやって告訴するんだい？」

「ストーリーのほうにもう少し推敲《すいこう》が必要ないなんて、俺はひと言も言ってないが、それでも、ボストンやフィラデルフィアではどうしてもそれが必要なんだよ。でな、今度アルマはココシュカと同棲するんだが、グロピウスともやってるんだ。皮肉な話だろ？　アルマは『ココシュカの愛に包まれて』を歌うが、観客には哀調の旋律で違うことが伝えられるんだ。それから俺は、グロピウスがカフェで、新しく完成したばかりのオフィス・ビルの外観を台無しにしたと言ってココシュカを非難するとっておきのシーンも書いた。『ココシュカよ』とグロピウスは言う。『僕のいちばん新しい斬新な建築、新チョッゼライ・タワーズに、あのどす黒い膿《うみ》を塗りたくったのは君だな』それに対して、ココシュカは答える。『あの退屈な箱を建築と呼ぶのなら、そう、たしかにそれは僕だ』激怒したグロピウスはボイルした牛肉をココシュカに投げつけて、一瞬彼の目をくらませ、満足感を覚える」

「ちょっと待ってくれ」と僕は言った。「あの二人の有名人は決闘なんかしてないぞ」

「われわれのヒット・ミュージカルでもそんなことはしないさ。なぜなら土壇場になって、煙突掃除人に変装した作家のヴェルフェルが現れ、アルマは彼と行ってしまうからだ。あとには傷心の二人の若者が残され、歌いだす。そしてその歌『わが愛しのカツレツよ、君こそがナンバーワンだ』は、ブロードウェイ史上でも稀《まれ》に見るほど純化された傷心の歌になる可能性がある。そこで第一幕が終わる」

「わからないな。ヴェルフェルはどうして煙突掃除人なんかに変装していないといけないんだい？　それに、もう一度言うけど、マーラーが死んじゃったのなら、アルマと彼はどうやってよりを戻すんだい？　現実に二人がそうしたように」

僕には答えを得るべき質問がたくさんあった。それについては、より寛容さに欠けるお金を払った観客が質問のかわりにはらわたをえぐり出す道具を取り出す前に、いま訊いておいたほうが賢明というものだろう。

「ヴェルフェルはみずからの正体を隠す必要があったんだ」ワンチは解説した。「なぜなら、カフカが街にいて、控えのとってない傑作短編の原稿を返してほしがっていたからさ。カフカはそれをヴェルフェルに貸したんだが、パレードのときにまく紙ふぶきが足りなかったもんだから、奴はそれを切り刻んじまったのさ。アルマとグスタフの和解に関して言えば、第二幕で彼女はクリムトとできてヴェルフェルを欺《あざむ》き、そのクリムトも裏切って、シーレのヌード・モデルになるんだ」

「だけど……」

「そんなことはなかったなんて言わんでくれよ。シーレはあれだけの数のガーターベルト姿の女たちを引き寄せたんだ。アルマ・マーラーがそのひとりだったとしても何の不思議があるって言うんだ？　だけど、それもまあたいした問題じゃない。あんたがフランツ・ヨーゼフの名前を出す前に、彼女はシーレとクリムトのもとを密かに去って、二幕の中頃にはもう、誰あろう、哲学者のルートヴィヒ・ヴィトゲンシュタインと同棲しているんだ。で、二人は『話せないことについて私たちは沈黙を守らなくちゃ』をデュエットする。しかし、二人の仲はうまくいかない。なぜなら、アルマが『私はあなたを愛してる』と言っても、ヴィトゲンシュタインはその文を解析して、それぞれの単語の定義を論駁《ろんばく》しはじめるからだ。コーラスが踊って言語哲学の誕生を祝い、アルマは傷つきながらも、リビドーのほうは無傷に保ったまま、『私を抱いて、ポッパー』とシャウトする。そこで第二の哲学者カール・ポッパーの登場と相なるというわけだ」

「ちょっと待ってくれ！」と僕は言った。大移動する北米トナカイのように観客がいっせいに通路に押し寄せる様が目に見えるようだった。「まだ聞いてなかったけど、君はいつから脚本家になったんだい？　君は昔からプロデューサーの肩書に満足していたじゃないか」

「あの事故以来だよ」プロフィットロールを最後のひと匙《さじ》まで几帳面にすくい取りながら、ワンチは答えた。「俺はわが最愛の人と一緒に壁に絵を掛けようとしていた。そのとき、釘《くぎ》を壁に打ち込んでいた彼女がうっかり、丸頭のハンマーで俺をぶちのめしたんだ。優に十分間は昏睡状態にあったと思う。で、意識を取り戻したら、チェーホフかピンターかと思うほど何でもすらすら書けるようになっていたというわけだ。いまあんたに聞かせたばかりの何だかんだだって、朝、髭を剃《そ》っているあいだに思いついちまったんだ。おい、いま入ってきたのはスティーヴン・ソンドハイムじゃないか？　五十まで数えててくれ、すぐに戻ってくる。奴がまた俺の前から姿を消す前にモーションをかけておきたいんだ。あいつも年をとってるんだよな。前に俺に教えてくれた電話番号は数字がひとつ足りなかったんだ。ゆっくりしててくれよ。クルボアジェをやりながら、フィナーレはあとでじっくりと話して聞かせるから」

　そう言うと、彼はテーブルの合間を縫うようにして、『ア・リトル・ナイト・ミュージック』の作者に似た男のほうへ近づいていった。指を立てて持ってきてもらった、控えめにゼロが並んだ勘定書にサインしながら僕が最後に目にしたものは、当惑した相手が困ったように非難の声を発する中で、ワンチが身を屈《かが》めて勝手にボックス席に入り込もうとしている姿だった。僕が『世紀のお楽しみ』を支援するかどうかに関して言えば、演劇界に昔から伝わる迷信がある。フランツ・カフカが砂をまいた難解な舞台の上で柔和な靴で踊るショウは、あまりにも滑りやすくリスクが大きすぎる。

天気の悪い日に永遠が見える

On a Bad Day You Can See Forever

あるかなりハイソなニューヨークのスポーツ・ジムの会員たちはこの夏、朝のトレーニングの最中に活断層亀裂の前ぶれのような不吉な音が鳴り響くのを聞いて、いっせいに物陰に避難した。だが、地震の心配はやがて収まり、亀裂が生じたのは僕の肩だけだということが判明した。僕はそれを、隣りのマットの上で腕立て伏せをしていたアーモンド形の目のギャルを喜ばせようとして粉砕した。彼女の関心を引きたい一心で、スタインウェイのピアノ二台分に匹敵するバーベルを一気に持ち上げようとしたそのとき、僕の背骨は突然メビウスの帯のような形を取り、軟骨《なんこつ》の大部分が音を立てて切断されたのである。クライスラー・ビルの屋上から突き落とされたときとまったく変わらない音声を発しながら、僕は屈《かが》んだ姿勢のまま運び出され、七月の一か月丸まる自宅軟禁の身と相なった。無理やりベッドに縛りつけられることになったこの機会に、僕は偉大なる書物に慰めを見出すことにした。それは、過去四十年近くのあいだずっと読まなければならないと思っていた一連の書物たちだった。トゥキディデスやカラマーゾフの兄弟たちやプラトンの対話などは自由裁量によって回避しつつ僕は、「ヴィクトリアズ・シークレット」のカタログから脱け出てきたような長い黒髪の罪人たちが硫黄《いおう》の臭いのたちこめる中、鎖《くさり》につながれセミヌードで体をくねらせる情景を楽しめるのではないかと期待して、ダンテの『神曲』のペーパーバックを手に取ってみた。だが不幸にも、真剣に大命題に取り組むその本の著者は、瞬く間に、もしかしたら夢見心地で薄もやのかかった性愛文学を楽しめるのではないかと期待していた僕を現実に引き戻してくれた。気がつくと僕は地獄のあちこちを歩きまわっていて、そこには、各地方の特色を伝えるローマの詩人ウェルギリウス以上にエロティックな人物はひとりも登場しなかったのである。だがそのいっぽうで、多少とも詩の素養のある僕は、ダンテが種々雑多な卑怯者や悪党をかき集めてそのそれぞれにふさわしいレベルの永遠の苦悩を与え、世の中の悪人たちの因果応報の地下世界を見事に構築していることに目を見張った。そして迂闊《うかつ》にもその本を読み終えるまで、彼が建設業者に関しては特別な言及をしていないことに気づかなかったのだった。何年か前に家の改築を行ったときからフット・シンバルのように魂が震えつづけている僕にとって、郷愁は募るばかりだった。

すべての始まりは、マンハッタンのアッパー・ウェストサイドに、ブラウンストーンの小さな家を購入したことだった。メンゲル不動産のミス・ウィルポンは、それが一生ものの買い物であると太鼓判を押し、ステルス爆撃機一機分の価格に引けを取らない穏やかな値段を提示した。その住宅はいわゆる「即入居可」状態であることを謳《うた》っていたが、おそらくそれは、ジューク家のように運命に見放された家族やジプシーのキャラバン隊にとっての話だったのだと思われる。

「これは相当やりがいがあるわね」わが妻はそう言って、女性による控えめな表現の室内記録を塗り替えた。「この家を改装するのはきっと相当楽しい仕事になるわよ」床板のぐらぐらした部分を避けながら、僕はあくまでも陽気に振る舞いつづけようと努力して、その魅力を、ゴシック風のヘビメタ・バンド、カーファックス・アビーになぞらえてみせた。

「この壁をなくして、大きなカリフォルニア風のキッチンを作ったところを想像してみて」妻は大きな声でそう言った。「書斎のスペースもあるし、子供たちも一人ひと部屋使えるわ。配管を少し直せば、浴室も別々にできるし、あなただってきっと、ずっと前から欲しいと言っていたゲーム・ルームを持てるわよ。そこであなた、ピンボール相手にもっと哲学的な思索に耽《ふけ》るんでしょ」

そうして、わが愛する妻の建築上の誇大妄想がノーチェックで疾走する間、僕の胸ポケットの財布は、釣針《つりばり》にかかったヒラメのように、のたうちまわりはじめていた。長年シュニアソン兄弟葬儀社用に弔辞を捻《ひね》り出して働き、倹約に倹約を重ねて蓄えてきたものがすべて浪費される様を想像して、僕はピッコロの高音域のような声を出して異議を唱えてみた。「この場所が僕らにとって本当に必要だろうか?」彼女の衝動的な購買意欲が小さな発作のように静まってくれることを祈っていた。

「私がこの家でいちばん気に入っているのは、エレベーターがないってことなのよ」わが愛しの伴侶は鳩のように優しい声で言った。「六階まで昇ったり降りたりしたら、あなたの心臓にどんなにいいかわからないの？」

横領に手を染めることが少なかったせいで、この新しい冒険のために支払う額は僕の支払い能力を超えていたので、疑り深い銀行から住宅ローンを借りるのに自尊心をかなぐり捨ててさんざん言い訳がましい説明をする必要が生じた。最初は門前払いを食わされたのだが、その後、不当金利法に抜け穴を見つけた銀行は、急に態度を軟化させた。次は適当な建築業者の選定だったが、見積りを集めてみると、そこに記されていた価格の大半は、タージ・マハル廟《びょう》の修復にこそふさわしいものに思えた。が、最終的には、シック・アーボガストこと、スペックス・アーボガストこと、マックス・アーボガスト建築事務所から出された、怪しいくらいにまともな見積りに一件落着した。アーボガストは、他人の土地を横領してはばからない保険屋みたいにギラついた目をした、痩《や》せて青白く弱々しい背の低い男だった。

現場でその男に会ったとき、僕の内なる声は、いま目の前にいる男は日雇い労働者たちに日当を支払うくらいなら何も知らずに汗水たらして働いている彼らを銀鉱ごと爆破しかねない人間だと告げていた。しかし、やけに愛想のいいアーボガストの人柄にすっかり丸め込まれてしまったわが妻のほうは大乗り気で、僕にしなだれかかった体勢で、建設業者に与えられた天賦の才能が改装作業にどんな影響を与えるかに関する、彼のコールリッジのような見解にうっとりと聞き惚《ほ》れていた。お二人の夢は六か月以内に現実のものとなるでしょう、と彼は請け合った。そして、もし万が一にも予算が当初の見込みを超えるようなことがあれば、人身御供《ひとみごくう》としてわが長男を差し出しましょう、とまで言った。そこまでプロ意識に徹した人物の前にひれ伏した僕には、われわれの寝室と浴室の作業を優先的に行っていただくことは可能でしょうか、と恐る恐るたずねるのが精一杯だった。そうしていただけると、早く引っ越しができて、仮住まいのディラピデイド・ホテルへの過重な負担からも解放されるのですが、と。

「そんなこと、問題にもなりませんや」アーボガストはそう言うなり、スーツケースから契約書を取り出した。そのスーツケースには、中古車の販売から無言劇の旅芸人グループへの登録書類まで、考え得るありとあらゆる契約に備えた契約書が詰まっていた。「ここにサインしてください。いろいろと細かいことはその線の下に書き込めますから」そう言って彼は僕の手にペンを押しつけ、その手を、空白の部分がたくさんある書類の点線の上まで持っていった。「重要事項は」と彼は僕に請け合った。「そいつを弱火の上にかざせば、あとから浮き出してきますから」

その後ただちに、契約を保証し、種々の原材料を確保するために、眩暈《めまい》がするような小切手への建築主様によるサインが続いた。「開きボルトが六千ドルっていうのは少し高いんじゃないかな」僕は涙声で言った。

「たしかに。しかし、それひとつ探すのにニューヨーク中を駆けずりまわって仕事を中断したくはないでしょう」
それから、友情を確認するために僕らは全員で握手を交わし、近くにある〈ドリンクス・アール・アス〉へ行って、アーボガストがそこで全員に特大のドン・ペリニョンを振る舞ってくれたものの、その栓《せん》が抜かれたあとになってから、TWAが彼の荷物を間違って運んだために、僕らが祝杯を上げているいまこのときにも、彼の札入れはザンジバルあたりをうろついているのだったことを彼は思い出した。

へぼな三流職人と運命を共にすることになったのだ、とはじめて気づいたのは、その三か月後、工事中の住宅に入居して数時間後に、僕が簡易シャワーを使おうとしたときだった。とにかく急いでくれ、という僕らの願いを快く聞き入れてくれたアーボガストの手下どもは、もともとあった浴室を木っ端微塵《こっぱみじん》に粉砕して、大慌てで代替物をでっち上げていたのである。タイタニック号の船体にできた長い亀裂にヒントを得て、彼らは浴室全体を、万が一妻か僕が蛇口をひねれば、そこが海底の王国になるように作り変えたのだ。おまけに、配管の直径は綿密に測定されていて、シャワーヘッドの下にいる不幸な人間をあっという間にロブスター・テルミドール状態にするほどの水圧を生み出すようになっていた。僕は思わず悲鳴を上げて板ガラスのドアから飛び出したが、職人たちはバルト語で、さる政治亡命者たちが無事にカスバを出られたらタンジールから予定どおりに最新の鉛管が届くので、それですべては丸く収まるから、と言って僕を安心させた。

いっぽう、寝室のほうは、マチュピチュでデング熱が発生したために、僕らが早めさせた期日までにはまったく間に合わなかった。実際には、大切なクルミ材とサクラ材の荷がラップランドに住む僕らと同じ名字の夫婦のもとになぜか間違って配達されてしまっていて、それが届くまでは、僕らの寝場所に関しては、仕事らしい仕事は始められなかった模様である。その上から漆喰《しっくい》は落ちてきたものの、幸運にも僕らには、床の上に簡易ベッドが用意された。そして、アスベストのほこりが舞い、水が止まらないトイレからハリケーン・アグネスばりの騒音が響く受難のひと夜を過ごしたあと、僕はついに催眠性のトランス状態におちることを許された。だがそれも、明け方に職人たちが「ケイシー・ジョーンズ」の歌を口ずさみながらつるはしで柱をぶち壊す音で打ち破られた。

そんな柱を壊す予定は元の計画にはなかったはずだが、と僕が指摘すると、アーボガストが——自分の手下が前の晩、仕事が終わったあとで「給水」をしにいったいかがわしい場所で酔いつぶれていないことを確かめに立ち寄ったのだ——自分の責任で、精巧なセキュリティ・システムを導入することにしたのだと説明してくれた。

「セキュリティ・システムだって？」そのときになって僕ははじめて気がついたが、たしかに、気前よくチップをもらうせいでいつも愛想のいい白髪のドアマンが居住者にかわって銃弾を受けてくれる前の共同住宅に比べて、一軒家では自分がより危険な状況に置かれることは間違いない。

「そのとおりなんです」アーボガストは、ジュネーブにあるバーニー・グリーングラスの番号のついた食料貯蔵室から直送されたチョウザメの朝食をむさぼりながら、すかさず答えた。「ここには連続殺人魔たちが簡単に入ってこられるんです。寝首をかかれたいですか？　奥さんの脳みそを、社会に対する不満と丸頭のハンマーを持った浮浪者にぐじゃぐじゃにされたいですか？　それも奥さんを思いどおりにされたあとで」

「君は本当にそう……」

「それは俺だけが思ってることじゃない。この街には、いつ切れてもおかしくない悪魔のような人間が溢《あふ》れているんですよ」

そう言って彼は、見積り書に追加の九万ドルを走り書きで書き込んだ。その結果、見積り書は、ユダヤの律法とその解説を集大成したタルムードのような厚さになり、解説条項の数でもまったく引けを取らないものとなった。

とはいえ、職人たちにカモだと思われて笑い物にされたくはなかったので、僕は、今後新たに発生する経費に関しては同意する前に、リスクと効果の比率を詳細に検討する必要がある旨《むね》、念を押した。そしてそれが、僕が量子力学を理解しているのと同じくらい確かな確信をもって了解している当然の手順である、と。その後、最近投資したいくつかの話題の株式がみな跡形もなくバミューダ三角水域に消えていってしまったので、僕は結局、防犯警報装置に使う資金を一銭も調達できない事実を現場監督に伝えたのだが、その日の夜の帳《とばり》が降りたあと、どこかの殺人鬼が玄関のドアのネジを緩めているとしか思えない音を耳にして僕はベッドの中で凍りつき、ドレスデン爆撃のように脈打つ心臓を押さえながら、アーボガストに電話をかけて、値段の張るチベット製のハイテクセンサーの設置にゴーサインを出すはめになった。

それから数か月が過ぎたが、すでに六回も延期されていた完成予定日は、砂漠で見つけたビールの六本パックのようにさらに遠のいていった。その口実は、アラビアン・ナイトにも引けを取らないほど多岐にわたっていた。まず左官工が数人、狂牛病にかかり、次に、子守り用の部屋に並ぶはずだった翡翠《ひすい》と青金石の入った箱を積んだ船が津波のためオークランド沖で沈没し、しまいには、ベッドの脚部にあるトランクからテレビを持ち上げるのにどうしても必要なモーター装置が、月明かりの下でしか仕事のできない小人たちの手作りでしか作れないことが判明した。さらに、実際に行われたとはいうものの顕微鏡で見なければわからないほどの作業のほうも、まやかしだった。僕の最新式の書斎でノーベル賞の有力候補者と激しく火花をちらして議論している最中に床が崩れ落ちたときに僕はその事実を知ることとなり、その事故で未来のノーベル賞受賞者は前歯を二本折り、僕は記録的な和解金を支払うという栄誉に浴することと相なった。

一九二〇年代のドイツのインフレにも負けない経費の超過にげんなりして、アーボガストに苦情を言うと、彼はその責任を僕の「異常なまでの設計変更の要求」になすりつけたあとで、こう言った。

「まあ、そう興奮しなさんなって。あんたが変節するのをやめさえすれば、アーボガスト社は四週間で歴史を作ってみせますよ。神に誓ってね」

「もう一秒たりとも遅れることは許さないぞ」僕はいきまいた。「僕はもう一秒たりとも、こんなストーンヘンジからやってきたような輩《やから》とは一緒に住めない。ここにはいまプライヴァシーのかけらもないんだ。昨日だってそうだ。やっとのことで多少ともプライヴェートな空間ができて、僕のたったひとりのプロフィットロールと神聖なる愛の行為を完遂させようとしていたら、あんたんとこの職人どもが壁に燭台を取りつけるために僕の体を持ち上げて移動させたんだぞ」

「これが見えるかな?」いまから郵便詐欺《さぎ》に及ぼうとしている男たちが見せるようなうす笑いを浮かべて、アーボガストが言った。「ザナックスっていう薬だ。これをがっぽり飲んどきな。もっとも俺は一日三十錠以上は飲まんがね。まだ副作用の研究が終わってないからな」

その日の深夜、ほんの小さな物音がして階下のセンサーが働き、僕はベッドからまっすぐ上方に飛び起きて、ホバークラフトのようにしばらくその場にとどまっていた。階段を突進していったらよだれを垂らした狼男が立てるような音を立てかねないと思い、僕は家族を守るための銀色の物体を探して、まだ中身を出していない段ボール箱に次々と腕をつっこんだが、パニックで眼鏡を踏んづけてしまったせいで、メイド用の浴室の仕上げにアーボガストが輸入した斑岩のイルカに顔から激突してしまった。その衝撃で僕の中耳は、往年のアーサー・ランク映画のテーマ音楽のように鳴り響き、あの美しいオーロラの光も誰にも邪魔されずに好きなだけ見させてもらえた。たぶん、天井が妻の頭上に落ちてきたのはそのときだったと思う。どうやら、警報装置を設置するためにアーボガストが取り去った柱が支柱のひとつだったらしく、かわりのコンクリートブロックはこの瞬間を選んで一斉《いっせい》に職場放棄したのである。

翌朝、僕は、床の上で体を丸め、リズミカルにすすり泣いているところを発見された。わが配偶者のほうはすでに、地味な制服につばのある男性用の帽子をかぶった頑丈な女性の手で運び出されていて、妻はその女性に向かって、自分がいつも見ず知らずの他人の親切にすがってきたことを、何かの呪文のように唱えつづけていた。結局、われわれはその家を流しの歌手にやるチップ一曲分で売り払った。その曲が、「アム・アイ・ブルー」だったか、「兄弟、一ダイム恵んでくれないか？」だったかは思い出せない。だが僕は、建築基準局の係員たちの顔と、僕が犯した無数の違反を数え上げていくときに彼らが見せた、驚くと同時に愕《がく》然《ぜん》とした複雑な表情はよく覚えている。彼らの話では、その違反は僕がさらに建築業者を雇って改装するか、死刑になるかすれば許されるだろうとのことだった。それから僕は、エル・グレコの絵に描かれた枢機卿のように渋い顔をした裁判官の前に立って、ゼロがたくさんついた金額の罰金刑を言い渡されたのをおぼろげに覚えている。そのせいで僕の純資産は割礼の儀式のときのスモークサーモンのように消えてなくなった。アーボガストはと言えば、噂《うわさ》によれば、ジョージ王朝時代の高価なマントルピースをセラミックの模造品にすりかえて誰かの家の暖炉から強奪しようとして、煙道にはさまってしまったそうである。そこで炎に最後まで焼きつくされたかどうかは僕の知るところではない。ダンテの『地獄篇』の中にアーボガストのことが書かれていないだろうかと思って探してみたのだが、どうやらあした古典には最新の情報は盛り込まれていないようである。

天才たちに警告する、使えるのは現金だけ

Attention Geniuses: Cash Only

この夏、僕の寿命を十九世紀の炭坑夫のレベルまで引き下げるために作られたフィットネス・プログラムの一環として五番街をジョギングしているとき僕は、スタンホープ・ホテルの戸外のカフェで休憩して、弱った呼吸機能に冷えたスクリュードライバーで活を入れようと思った。そこに入っているオレンジジュースは処方された食餌《しょくじ》療法にもしっかりと組み込まれているので、僕はそれを何杯かゴクゴクと飲み干し、立ち上がったときには、騒々しい酒宴と乱舞で儀式を執り行ったギリシャ神話のコリュバース僧たち何人分もの舞いを披露してみせることができた。それは、赤ちゃんバンビがはじめて歩くときの様子に似ていなくもなかった。

スミノフのウォッカですっかりマリネされた大脳皮質を通しておぼろげに覚えているかぎりでは、僕は帰宅途中に、その日分のゴート・チーズとオランダ風ラスクの食事を摂《と》ろうとしてアッパー・ウェストサイドのグルメ・ショップ〈ザバーズ〉に入っていったつもりが間違えて、意識朦朧《もうろう》状態の中でメトロポリタン美術館によろめきながら入っていった。頭が回転のぞき絵のようにぐるぐるとまわる中、千鳥足で廊下を歩いていくと、徐々に意識が戻ってきて、自分がいま見ているのがセザンヌからゴッホまで揃《そろ》った、ガシェ博士のコレクションの展覧会だということがかろうじてわかった。

壁に掲示された解説から得た情報によれば、ガシェはピサロやゴッホといった輩《やから》が、未成熟なカエルの足を食べたりアブサンを飲みすぎたりして具合が悪くなったときに診察をした医者であるということだった。まだ世間に認められず支払うお金のなかった彼らはガシェの収支を合わせるために、往診や水銀の処方をしてもらう代わりに、油絵やパステル画を提供した。ガシェは快くそれを受け取り、先見の明があったことを証明した。おそらくは彼の待合室の壁から直接運ばれてきてここで一堂に会したルノワールやセザンヌの絵を存分に楽しみながら、僕は自分が同様の状況に置かれたときのことを想像せずにはいられなかった。

十一月一日。

ああ、なんたる幸運！　僕、スキージクス・フィーブルマンは、創造的な人間の問題を専門とする精神分析の天才、誰あろう、ノア・ウンターーメンシュから患者を紹介された。ウンターーメンシュの元にはいまショウ・ビジネス界の名だたる患者たちが続々と集まっていて、その名簿の豪華さに匹敵し得るのはウィリアム・モリス・エージェンシーの「空《あ》いているタレント・リスト」だけなのである。

「その男はペプキンという名前で、ソングライターなんだ」未来の患者との面談がうまくいくようにという配慮から、ウンターメンシュ先生は電話越しに僕に言った。「彼は現代のジェローム・カーンかコール・ポーターなんだが、問題は、自分を苦しめる罪悪感に苛《さいな》まれているということだ。私の推察かね？　たぶん母親に関することだろう。だから、しばらくその罪悪感に光を当て、彼の苦悩を多少でも解放してやってほしいのだ。君にとっても悪い話ではないと思うよ。彼には、トニー賞、アカデミー賞、グラミー賞、いや、大統領から自由勲章をもらうのだって夢ではないよ」

僕はウンターメンシュに、なぜ自分でペプキンを診察しないのかとたずねた。「スケジュールに空きがないんだよ」彼は間髪入れずに答えた。「しかも全員が緊急の分析治療を必要としておるんだ。マンションの理事会から犬を飼うことを許可してもらえない女優に、息たえだえのテレビの気象予報士に、ディズニーのマイケル・アイズナーから折り返し電話がかかってこないプロデューサー。このプロデューサーは自殺予防の監視状態に置いてある。まあ、とにかくだ、最善を尽くしてくれたまえ。それから、私のほうに治療の様子をいちいち報告する必要はないよ。最終的な権限を持っているのは、君なんだからね。ハッハッハ」

十一月三日。

今日、マーレイ・ペプキンに会う。間違いない。彼は全身これ、芸術家だ。もじゃもじゃの髪に催眠ディスクのような目をした彼は、自分の仕事に取り憑《つ》かれているうえに、食欲不振と家賃と二件の慰謝料で八方塞がりの類稀《たぐいまれ》な男だ。ソングライターとしてのペプキンは、クイーンズの貧弱な部屋で曲作りに集中する道を選択した預言者のように見える。その部屋の下はフライシャー兄弟高級葬儀社で、彼はときどきそこでメーキャップの相談係として働いている。なぜ精神分析が必要だと思うのかとたずねると、彼は率直に、自分が紡ぎ出す音楽が純粋な偉大さに打ち震えているのが事実としてわかっているのに、自己批判がすぎるように思えるのだ、と言った。また、常に自分を破滅に導くような女性を選んでしまうとも認識していて、つい最近も、伝統的な西洋の倫理観というよりはむしろハンムラビ法典を基にした関係にあった女優と結婚してしまった。その女優は、結婚後すぐに、夫婦の栄養管理士とベッドを共にしていたのだと言う。二人は口論となり、押韻辞典で頭を殴られた結果、彼は名曲「ドライ・ボーンズ」を思い出せなくなってしまっていた。

僕が診察料の件を持ち出すと、ペプキンはおどおどしながら、なけなしの金を鴨《かも》料理に浪費してしまったためにいま現在はすかんぴんであることを認め、分割払いにできないだろうかと言った。診察料の支払いは治療そのものにとってきわめて重大であることを僕が説明すると、彼は、曲で払うのはどうだろうか、と言い出した。もし僕が「ビギン・ザ・ビギン」や「センド・イン・ザ・クラウンズ」といった名曲の版権をひとりで持っていたら、長年のあいだにどれほどの利益を生み出したかわからない、と言う。たしかに、彼が一枚の紙に書いた曲からの著作権料はいずれ僕の金庫をいっぱいにするかもしれないし、同時に、ガーシュインやビートルズやマーヴィン・ハムリッシュに匹敵するような駆け出しの作曲家を養った人物として賞賛を受けるかもしれないのである。若い才能を見出す眼力を常に誇りに思ってきた僕は、カシェだかカシェイだかといった昔のフランスの医者がときどき静物画を受け取るのと引き換えに、舌圧子をゴッホの舌に当てて処方箋《しょほうせん》を書いてやったことでいかにたっぷりと報われたかを思い出して、彼の提案に心を動かされた。とともに、みずからの財政上の債務も再検討してみると、それはここへきてハンマーでたたかれた親指のように膨れ上がっていた。パーク街にあるマンション、ロング・アイランドにあるビーチ・ハウス、フェラーリが二台、そしてフォクシー・ブレイトバート通い。金のかかるささやかなこの習慣は、ある夜、シングル専用のバーを流しているときに身に着けてしまった。あのTバックの肌の感触は僕の顔に、のみでなければ落とせないような強力な微笑を刻み込んだのだ。これに加えて、レバノン産のグアヴァに投資しすぎて、僕の現金収支は凍りついた影のようにさえ思われる状態だった。にもかかわらず、僕の内なる声は言っていた。いま僕の目の前に寝そべっている、このきつく巻かれたぜんまいに賭《か》ければ、年金の心配をしなくてもよくなるかもしれないうえ、いつかハリウッドが彼の伝記映画を作った暁《あかつき》には、スキージクス・フィーブルマンの役が首尾よく助演男優賞を獲得するやもしれないのである。

五月二日。

マーレイ・ペプキンを診察しはじめて今日で半年になる。彼の天才を信じる気持ちはいまも減じていないが、どのくらい治療の効果が出ているかは定かでないと言わなければならない。先週彼は夜中の三時に僕に電話をしてきて、ロジャーズ&ハートが鸚鵡《おうむ》のように彼の部屋の窓辺にやってきて彼の車にワックスをかけていく夢を見たという話を長々とした。その数日後には、オペラを見ていた僕を呼び出し、すぐに海鮮レストラン〈ウンベルト〉まで車を飛ばして会いにきてデューイの十進法に基づいたミュージカルのアイデアを聞いてくれなければ自殺する、と僕を脅した。彼の才能への期待から僕はそれに耐えたが、その才能を認めているのはいまや僕だけのようにも思える。彼はこの半年間に、一キロ近い曲を僕にくれた。そのいくつかはナプキンに殴り書きされたものであり、どの曲もまだ出版社の目に留まっていないが、彼は、いずれみんな古典になる、と言ってはばからない。曲のひとつは「君がユーマで僕のプーマになってくれたら、僕はニューヨークで君のコウノトリ《ストーク》になるだろう」というタイトルの洗練された子供向けの曲で、歌いやすいうえに、巧みな掛詞《かけことば》にも満ちている。対照的に、「脱皮の時」という曲はアイルランドの名曲「ダニー・ボーイ」に似ていなくもない哀愁に満ちた旋律である。天才テナーでなければこの曲は歌えないというペプキンの意見に、僕も異論はない。いずれはヒット・チャートのトップに躍り出るとペプキンが僕に保証する美しいラブソングは「僕の唇は今年は少し遅れるだろう」という曲で、そこには「私を抱いて、辱めて、お願いだから、あなたの卓上カード・ファイルから私の名前を消さないで」といぅほろ苦い歌詞が入っている。この魅力的な楽曲集にはおまけとして、「勇敢なネズミたち」という曲も入っている。それは愛国心を奮い立たせるたぐいの曲で、全面的な核戦争が起きた暁には必ずや銭っこをかき集めてくれるだろう、とペプキンは自信をもって断言した。いま、僕のこの血のにじむような努力に対する報酬が少しでもあれば、僕がとりこになっているフォクシーに、床まで届く冬用のテンの毛皮を買ってやると強烈にほのめかすことができるのだが。

六月十日。

僕はいまいくつかの職業上の問題を抱えている。僕のような面倒見のいいタイプの精神科医には当たり前のことなのだが、それでも、ぶっといドイツ・ソーセージ大の硬膜下血腫が破裂しないように維持する苦労は、度を超えているように思えるのだ。このあいだの夜も、むずかしい患者の診察が続いた一日を終えて早く眠りについたら、ペプキンの奥さんが半狂乱で電話をかけてきた。僕と話しているあいだ、彼女は催涙スプレーで何とかペプキンから身を守っていた。どうやら彼女が彼の新作のトーチソング「心痛の追加注文をよろしく」を、新しいペーパー・シュレッダーを試すのにちょうどいいと言って酷評したらしいのだ。「控えめな診療に対してトップクラスの報酬を得ているフィーブルマンはいったい何をしていたのだ?」タブロイド紙の全段抜きの見出しを意識した僕は下着姿のままマンションを飛び出すと、大慌てで五十九番街の橋を渡った。ペプキンの家に着くと、夫と妻はキッチンのテーブルをはさんでにらみ合い、互いに攻撃のチャンスをうかがっていた。マグダ・ペプキンはスプレー缶を握り締め、ペプキンのほうはシェイ・スタジアムで「バットがもらえる日」にただでもらった記念品を手にしていた。

ここは毅然《きぜん》とした態度でのぞむ必要があると判断した僕は、二人のあいだに割って入って仰々しく咳払《せきばら》いをした。ペプキンが妻めがけてバットを振り、走者一掃の三塁打の快音とともに僕の頭をかち割ったのはまさにそのときだった。僕はよろめいて二、三歩前へ進み、ケンタウルス座α星と思われるものに向かって、これといった動機もなく笑いを浮かべたあと、近くの病院の緊急治療棟へ搬送されてすぐさま緊急感情鈍磨治療室に運び込まれた。

ところで、ある同僚に揶揄《やゆ》された「クレチン病による知的障害とほとんど見分けがつかないほどのヒポクラテスばりの献身」に対する報酬に関して言えば、僕はまだ不確実な状況にある。緑黄色野菜を勧める診療の代わりに僕はすでに百を超える数の曲を手にしていたが、それが売れる幸運はまったく手にしていなかった。音楽の玄人筋《くろうと》に会いにいっても誰一人として、「ホルモンを動かせ」といったホットなキャバレー・ナンバーや崇高なるバラード「若年性認知症」に有望さのかけらを見出さなかったことを考えると、僕としてはもしかしたらペプキンは第二のアーヴィング・バーリンではないかもしれないという、はかない思いを抱かずにはいられなかった。それでも、僕の手中にありながらやはりほんのわずかばかりの利益も生み出していない「クニッシュ・パン専門のヨナ・シメルズではすべてが新しい」という軽快な曲に出てくる、「クニッシュと希望《ウィッシュ》は若者の特権だ」という歌詞を目にすると、僕は後悔の念とともに、思わず皮肉な笑いを浮かべてしまうのである。

十一月四日。

ペプキンは才能のないゾンビの疫病神だ、という結論に僕は達した。わが収益を最大化するために構築された一連の節税対策が奇妙にもアル・カポネのそれに酷似しているという印象を国税庁に与えはじめたと気づいたときには、もう真ん中に穴があいていた。どんな者にも、思わず手をこすり合わせてしまうような大喜びを認めない財務省は、僕の純資産の八倍にも当たる額を僕から吸い上げる決定を下したのである。この知らせが召喚状の形をとって僕にもたらされたとき、僕は息ができなくなって、ペプキンに、もはやただで治療をすることはできなくなった事情を説明した。その間にも、僕の家具は連邦政府の執行官によって運び出されていた。現実世界で通用する正真正銘の硬貨の支払いを求められたことにショックを受けたペプキンは、治療に終止符を打ち、ビリヤード仲間のいかさま弁護士のアドヴァイスで僕を医療過誤で訴えた。

突然の資産減少と、バーグドーフが僕に対する掛け売り勘定を打ち切ったときに生じた苦難に対処できずにいると、今度はフォクシー・ブレイトバートが僕を見捨てて、拒食症で四つ目のチビ助に乗り換えた。そいつは二十五歳のときに、コンピューター・チップの特許のおかげで『フォーブス』誌の何かのリストでブルネイのスルタンよりも七つも上位にランクされた男だった。そのいっぽうで僕の手元にあるのは、「トスカーニのミミズ」とか「洞窟学者の舞踏会で」というタイトルの、トランクいっぱいの楽譜だけだった。その小さな無用の長物たちを売りに出そうとしてみたが、それも果たせず、ついには古紙交換業者にまとめて売りに出した場合の価格さえ調べてみる始末だった。だが、そのときにはまだペプキンのとどめの一撃は訪れていなかったのである。そしてそれは、ウォルフ・シルヴァーグライドという人物となって僕のもとへやってきた。ギャバジン地の服に身を包んだ彼は、『リシストラータ』を改変して『いまはまだダメだ、頭痛がする』というミュージカルを作るようにというお告げを受けていた。シルヴァーグライドの見解によれば、才気ある現代的な曲で甦《よみがえ》らせれば、運よく著作権が消滅しているこの昔の陳腐なストーリーは、われわれ全員を王様にしてくれるだろうということだった。彼は口コミで、はした金で手に入るトラック一台分の未発表曲を僕が所有しているという事実を伝え聞いていた。ついに著作権を売っ払えると思った僕は、その企画の権利の一部と年代物の白黒テレビと引き換えに、一連の鼻歌の権利をシルヴァーグライドに譲渡した。その結果、彼のアイデアはマーレイ・ペプキンの曲だけで構成されたミュージカルへと、よろめきながらも姿を変えていったのだった。最高のナンバーは「傍点は筆者」という曲で、そこには「めったに手に入らないワインのように素敵だよ、君は。愛してる（傍点は筆者）」という素晴らしい歌詞が含まれていた。

開演したショウに対する評価は賛否入り混じっていた。『養鶏家ジャーナル』誌はそのショウを楽しんでくれたし、『シガー・マガジン』も同様だった。『タイム』や『ニューズウィーク』ともども日刊紙はみなより慎重な態度で、ある批評家が使った「愚かさのブラックホール」という表現にもっともよく集約されるコンセンサスを得ていた。そうした劇評を解析することも、脅しと受け取られる心配のない気の利いた宣伝文句も思いつかないままに、シルヴァーグライドはまるでデッキ・チェアのようにいとも簡単にその狂騒劇をたたむと、電光石火、街を逃げ出して、その後なだれのように襲いかかってきた盗作訴訟の処理をすべて僕に任せていった。

専門家の証言によって、巨匠ペプキンの最高傑作は「ボディ&ソウル」「スターダスト」、あるいは「モンテスマの回廊から」という歌詞で始まるあの古い軍歌にさえ酷似しているちゃちなまがい物であることが判明した。僕はと言えば、毎日法廷に立っている。そこで僕は中空を見つめているように見えるかもしれないけれども、実は、今度もし未来のゴッホに遭遇することがあったなら、いまの僕にただひとつだけ残された所有物である西洋カミソリを取り出して、そいつの耳を両方とも切り落としてやる、という決意を固めているのである（傍点は筆者）。

のぼせ上がって

Strung Out

とうとう宇宙の秘密が説明可能となったことで、僕はとても安心している。宇宙とはどうやら僕のことらしい。そんなふうに僕は考えはじめている。結局のところ、物理学は、口やかましい親戚と同じように、すべての問題に対する答えをもっていた。ビッグバンもブラックホールも原始のスープも、毎週火曜日になると『タイムズ』の科学欄に顔を出すので、一般相対性理論や量子力学に関する僕の理解は、いまやアインシュタインに匹敵するほどになっていた。アインシュタインと言っても、僕の言うアインシュタインは、敷物を売っているアインシュタイン・ムームジーのことだけれども。宇宙には一センチの十の三十三乗分の一の「プランク」という長さの単位の小さなものがあるということを僕はどうしていままで知らなかったのだろう？　劇場の暗闇《くらやみ》の中でそれをひとつ落としたりしたら、どんなにか見つけるのがむずかしいことだろう。それに、重力はどのようにして働くのだろうか？　重力が突然なくなるようなことがあるとしても、まだ一部のレストランは客にジャケットの着用を義務づけるのだろうか？　僕が物理学について知っているのは、海岸に立っている男には船に乗っている男よりも速く時間が過ぎる、ということである。とくに船の男が妻と一緒の場合には。物理学の最新の驚異は、ひも理論である。この理論は、「万物理論」、すなわちすべてを説明する理論として絶賛されている。そしてそのすべてには、これからここに記すような先週の出来事も含まれるかもしれないのである。

宇宙は常に膨張しつづけているので、金曜日の朝目覚めたとき僕には自分のローブを見つけるのにいつもよりも長く時間がかかった。その結果、仕事に出かけるのが遅くなり、上下の概念というものは相対的なものであるがゆえに、僕が急いで乗り込んだエレヴェーターは屋上に到着し、そこではタクシーをつかまえるのがきわめてむずかしかった。ここで、忘れないでおいていただきたいのはもしその男が光速に近づきつつあるロケットに乗っていたならば、会社に間に合ったどころか、多少早く到着して、当然のことながら身だしなみもきちんとしていただろうということである。ようやくのことで会社に到着すると、僕は、遅刻した理由を説明するために、雇用主のマチニック氏のところへ向かった。彼に近づくにつれて、僕の質量は増大していった。彼はそれを不服従の徴候であると受け止め、その結果として、僕の給料を減額するというかなり辛い話になった。とはいえ、もともとそれは、高速で測れば目にも止まらないほど少ないもので、実際のところ、アンドロメダ星雲の原子量に比較すれば、まったくもって取るに足らないものだった。そのことを僕がマチニック氏に告げると、彼は、時間と空間が同じものだということを僕は考慮に入れていない、と指摘した。その状況が変わるようなことがあるなら昇給する、と彼は僕に約束した。それに対して僕は、時間と空間が同じものだからこそ、結果的に十五センチ以下にしかならないことをするにも三時間がかかり、それが五ドル以上では売れないのだ、と指摘した。空間が時間と同じだということのいい点は、宇宙の果てまで旅をして、その旅に三千地球年かかるとすると、戻ってきたときには友人はみな死んでいるが、自分にはまだボトックス療法でしわ取りをする必要がない、ということである。

窓から太陽の光がさんさんと降り注ぐ自分のオフィスに戻った僕は、ひとり思った。もしあの黄金の星が突如爆発してしまったら、この惑星は軌道をはずれて、永遠に無限の宇宙をさまようことになるだろう。そのためにも、携帯電話を肌身離さず持っている必要があるのだ。それはそうと、いつか僕が秒速三十万キロメートルを突破して何世紀も前に発生した光に追いつけるようになったら、古代エジプトやローマ帝国の時代まで遡《さかのぼ》ることができるのだろうか？　だけれども、もし遡れたとして、僕はそこで何をするのだろう？　そこには知り合いはひとりもいないのである。新しい秘書のミス・ローラ・ケリーが入ってきたのは、そのときだった。現在、万物が粒子か波のどちらかからできているのか議論になっているけれども、ミス・ケリーは間違いなく波のほうでできている。冷水器のところまで歩いていくたびに、彼女が波打っていることは誰の目にも明らかである。もちろんこれは彼女が粒子には恵まれていないということではなくて、彼女がティファニーの宝石類を安々と手にできるのは、その波のおかげだというだけの話である。僕の妻だって、粒子というよりは波である。ただ、彼女の場合には、その波が少したるんできているにすぎない。いや、もしかしたら問題は、わが妻にはクォークが多すぎるのかもしれない。実際、最近の彼女はブラックホールの外縁に近づきすぎて体の一部が——残念ながら全部ではない——そこに吸い込まれたように見えるのである。そのせいで外形がちょっとおかしくなっているのだが、僕としては、いずれそれが低温核融合で矯正されることを期待している。これまでも僕はあまねく人々に、ブラックホールには近づかないように忠告してきた。なぜなら、一度そこに入ってしまったら、音楽を聴く耳を残したままそこから脱け出すのは至難の業《わざ》だからだ。ひょっとして、ブラックホールに落ちてもそこを通りぬけて反対側から脱け出してきた経験をお持ちの方がいたら、その人はおそらく全人生を何度となく生きることができるだろうが、圧縮されすぎているので、外へ出て若い女性と出会うことはもはやむずかしいだろう。

ともあれ、僕がミス・ケリーの重力場に近づいていくと、自分のひもが振動するのを感じた。僕はただひたすらに、標準より弱い僕の複合粒子《ボソン》で彼女のグルーオンを包み込み、虫食い穴《ワームホール》を滑りぬけて、一目散にトンネル通過を試みたいと望んでいた。ハイゼンベルクの不確定性原理によって僕がインポテンツになったのは、まさにそのときだった。彼女の正確な位置と速度を確定できないのに、僕はどう行動すればいいというのだ。僕が突然に変異を、すなわち宇宙時間における決定的な破断を引き起こしてしまったら、どうなるだろう？　きっと爆音がして、みんながいっせいに目を上げ、僕はミス・ケリーの前でばつの悪い思いをするに違いない。ああ、しかし、彼女にはものすごい闇のエネルギーが備わっていた。これは憶測にすぎないかもしれないけれども、これまで闇のエネルギーは常に僕を興奮させずにはおかなかった。とりわけ、前歯が出ている女性に関してはそうだった。僕は、シャトー・ラフィット一本で彼女をまんまと五分間、粒子加速器に誘い込んで彼女の横に立ち、僕たちの量子が光速に近づいて彼女の核と僕の核がぶつかり合っている様を思い描いた。必然的に、その瞬間僕の目に反物質が飛び込んできて、それを取り除くために、綿棒が必要になった。だから、彼女が僕のほうに向かって話しかけてきたとき、僕はもうほとんど希望を失っていた。

「ごめんなさい」と彼女は言った。「コーヒーとデニッシュを注文しようとしてたんだけど、シュレーディンガー方程式がどうしても思い出せないみたいなの。馬鹿みたいだと思わない？　度忘れしてしまったみたいなの」

「それは確率波の進化だよ」と僕は言った。「君が注文するんだったら、僕も、中間子付きのイングリッシュ・マフィンと紅茶をもらおうかな」

「喜んで」彼女は媚《こ》びるような笑顔を浮かべて、カラビヤウ図形のように体をくねらせた。彼女の濡《ぬ》れたニュートリノに僕の唇を押しつけると、僕の結合因子が彼女の弱い磁場に襲いかかっていくのを感じた。どうやら僕はある種の融合を達成したようだった。というのも、次に気がついたときには、超新星級の黒あざを目につけて、床の上から立ち上がろうとしていたからである。

妻には、宇宙は膨張しているのではなくて縮んでいるのを忘れていたので目に黒あざができてしまった、と言っておいたけれども、たぶん物理学は、より柔らかいほうの性以外のことなら何でも説明できるのだと、いまの僕は思っている。

法律を超えて寝台の下へ

Above the Law, Below the Box Springs

ウィルトン・クリークは、大平原の中央、シェパーズ森の北、ドブズ・ポイントの左、プランク定数を形作る断崖《だんがい》の真上にある。その土地は耕作に適し、主として谷底に見出される。しかしながら、一年に一度、キンナ・ハラー方面から竜巻が平原を通ってやってくるので、農夫たちは農作業を中断して何百キロも南へ移動し、しばしばそこに再定住して、店もまた開くことになる。六月のある曇《くも》った火曜日の朝、ワッシュバーン家の家政婦であるコンフォート・トバイアスは、それまで十七年間毎日そうしてきたように、ワッシュバーン家に足を踏み入れた。実は彼女は九年前に解雇されたのだが、そんなことにはおかまいなく掃除をしにやってくるのだった。賃金の支払いを打ち切ってからというもの、ワッシュバーン家の人々もことさら彼女を大事にするようになっていた。ワッシュバーン家で働きはじめる前、トバイアスはテキサスの牧場で、馬にささやきかけて心の病気を治療するホース・ウィスパラーとして働いていたのだが、やがてある一頭の馬がささやき返してくるようになるに及んで、神経衰弱になってしまったのだ。「何よりも私を驚かせたのは」と彼女は当時を回想する。「あの馬が私の社会保障番号を知っていたことだった」

その火曜日に、コンフォート・トバイアスがワッシュバーン家に入っていったとき、家族は休暇中で留守だった（一家は観光船に密航してギリシャ諸島へと向かい、船底に隠れていたので三週間のあいだ水も食糧も手に入らなかったが、毎晩午前三時になると、こっそりとデッキに出てきてシャッフルボード・ゲームに興じた）。トバイアスは、電球を取り替えるために、二階へ上がっていった。

「ワッシュバーン夫人は、必要があってもなくても、毎週火曜日と金曜日に電球を替えることをお望みでした」と彼女は言った。「あの方は真新しい電球がとにかくお好きでした。ベッドのシーツなどは年に一度お取り替えになるだけでしたのに」

家政婦は夫妻の主寝室に入った瞬間、何かがおかしいことに気づいた。そしてそれを自分の目で確かめたとき、彼女はわが目を疑った！　何者かがしのび込み、マットレスからタグが切り取られていたのだ。そのタグには、次のように記されていた。「買主本人以外がこのタグを取り去ることは違法です」トバイアスは震えおののいた。脚がすくみ、気分が悪くなった。「子供部屋を見てみろ」という声が聞こえた気がして、行ってみると、案の定そこでも、マットレスのタグが切り取られていた。そのとき、不気味にも大きな影がぼんやりと壁に映るのを見て、彼女の血は凍りついた。動悸《どうき》がしていまにも悲鳴を上げそうになったが、よく見るとそれは自分の影だった。彼女はダイエットすることを心に誓いながら、警察に電話をかけた。

「こういうのははじめてですね」署長のホーマー・ピューが言った。「この手のことはウィルトン・クリークでは長くは続きません。ええ、そうですとも。前に一度、町のパン屋に何者かが侵入してドーナッツの中身のジェリーを吸い尽くしてしまったことがあったんですが、そのときも三度目には、屋根に射撃の名手を配置しておいて、その場で犯人を射殺しました」

「でも、いったいなぜなの？」ワッシュバーン家の隣人であるボニー・ビールが涙声で言った。「あんまりにも非常識だし、あんまりにも残酷じゃないの。買主以外の人間がマットレスのタグを切り落とすなんて、いったいこの世の中はどうなってしまったって言うの？」

「この事件が起きるまでは」町で教師をしているモード・フィギンズが言った。「出かけるときでも家にマットレスを残していけたけど、これからは、買い物だろうと、夕食に出かけるときだろうと、外出するときは必ずマットレスを持っていかないとだめね」


その日の深夜、テキサス州のアマリロに向かう道を、二人の人間を乗せた赤いフォードが高速で走っていた。ナンバープレートは偽物で、遠くから見れば本物らしく見えたが、近くでよく見るとお菓子のマジパンからできていることは一目瞭然だった。運転している男の右の前腕部には刺青《いれずみ》があり、「平和、愛、品格」という文字が刻まれていた。男が左腕の袖《そで》をたくし上げると、また刺青が現れた。そこには、「誤植により、わが右腕の文字は無視すべし」と書かれていた。

男の隣りには、若い金髪の女性が座っていた。もし彼女が俳優のエイブ・ヴィゴダにうりふたつでなかったら、美しいと思う人間もいたかもしれない。運転している男、ボー・スタッブズは、ゴミの違法投棄の罪で収監されていたサン・クエンティン刑務所を脱獄したばかりだった。スタッブズは、スニッカーズの包み紙を道に捨てた罪で有罪となり、判事は、反省している様子がまったく見られないとして、彼に終身刑二回分の判決を言い渡したのだった。

隣の女、ドクシー・ナッシュは、以前葬儀屋と結婚していて、その仕事を手伝っていた。ある日その葬儀社へ、ひやかしで入ったスタッブズは、彼女にひとめ惚れして、いろいろな話をして誘惑しようとしたが、彼女のほうは火葬の準備で忙しく話をしている暇がなかった。だが、ほどなくして二人は自分たちも気づかないうちに関係をもつようになったが、やがて彼女がそのことに気がついた。ドクシーの葬儀屋の夫ウィルバーもスタッブズのことが気に入り、「今日葬式をやるなら、ただで埋葬してやるぞ」と持ちかけたのだが、スタッブズに殴《なぐ》られて気を失っているあいだに、スタッブズと妻のドクシーは駆け落ちした。二人はドクシーの代わりにゴムの膨らまし人形を家に置いていった。ウィルバー・ナッシュは、それから三年間、彼の人生でもっとも幸せな時期を過ごしたあとで、ある晩、もう少し鶏肉をもらえるかな、と妻に話しかけた途端に彼女が音を立てて飛び上がり、だんだんと小さくなる円を描いて部屋中を飛びまわったあと、絨毯《じゅうたん》の上で静止したときに異変に気がついた。

警察署長のホーマー・ピューは、靴を履かないで身長が一メートル七十三センチあり、その体をダッフル地の円筒型雑嚢《ざつのう》に足まですっぽりと包んでいた。ピューは自分で覚えているかぎりではずっと警察官だった。が、彼の父親は悪名高き銀行強盗で、ピューが父親と共に時を過ごせる唯一の方法は、彼を逮捕することだった。実際、ピューは父親を九回逮捕していた。ピューは父親との会話を大切に思っていたが、その多くは、二人が銃を撃ち合っている最中に行われたものだった。

この事件をどのようにとらえているか、私はピューにたずねてみた。

「私の推理かね？」とピューは言った。「二人の流れ者が、世間を見物に旅に出てだな……」

ピューは「ムーン・リヴァー」を歌いだし、そこへ彼の妻のアンが飲み物を持ってやってきて、私に五十六ドルの請求書が渡された。そのとき電話が鳴り、ピューは急いで受話器を取った。相手の声が部屋いっぱいに低くこだました。

「ホーマーか？」

「ああ、ウィラードか」ピューは言った。電話の声の主は、アマリロ州警察官のウィラード・ボッグズだった。アマリロの州警察は優秀で、所属員は全員、肉体的に秀でているだけでなく、厳しい筆記試験にも通らなければならなかった。ボッグズは二度筆記試験に落ちていた。一度目はヴィトゲンシュタインについて事務官の満足のいくような解説ができず、二度目はオウィディウスを誤訳してしまった。その後家庭教師を雇ったのは、彼の意気込みの現れだった。最終的に彼が提出したジェイン・オースティンに関する論文は、アマリロの高速道路をパトロールする警邏《けいら》隊員のあいだで古典的な名作になっていた。

「あるカップルに目をつけてます」彼はピュー署長に言った。「非常に怪しい行動をしています」

「というと?」また巻き煙草《たばこ》に火をつけながら、ピューが訊《き》いた。ピューは煙草の健康被害に気づいていてチョコレート巻きしか吸わなかったが、その先っぽに火をつけると、チョコレートが溶けてズボンに落ちるので、警察官の安月給に莫大なクリーニング代をもたらすのだった。

「その男女はここの高級レストランに入ってですね」ボッグズが続けた。「どでかい肉の丸焼きとワインとつまみを片っ端から頼んだんです。で、会計は当然べらぼうなものになったんですが、それをマットレスのタグで払おうとしたんですよ」

「そいつらを逮捕して、連れてこい」とピューは言った。「ただし、罪状は言うな。めんどりをたぶらかした件で警察が話を聞きたいと思っている二人組の人相書に似ているとでも言っておけ」

自分のものではないマットレスのタグを剝《は》ぎ取る行為に関する州法の成立は、一九〇〇年代のはじめにまで遡《さかのぼ》る。エイサ・チョーンズという男が、隣人の敷地内に迷い込んだ豚《ぶた》のことで隣人と口論になり、二人の男はその豚の所有権をめぐって何時間も争いつづけたのだが、チョーンズがふと見ると、それは豚ではなく彼の妻以外の何物でもなかった。その一件は町の長老たちによって裁かれることとなり、長老たちは、チョーンズの妻の容貌《ようぼう》は十分に豚に似ており見間違いが起きてもやむを得ない、という裁定を下した。怒り心頭に発したチョーンズは、その晩隣家に侵入し、マットレスのタグを片っ端から剝ぎ取ってしまったのである。彼は逮捕されて裁判にかけられた。チョーンズは無罪を主張したが、陪審団は、「タグのついていないマットレスはもはや完全なものとは言えない」という評決を下したのである。

ナッシュとスタッブズも、自分たちは腹話術師と人形であると言い張って、はじめは無罪を主張した。が、ピューの容赦のない尋問を受けると、時計の針が午前二時をまわる頃には、口を割りはじめた。賢くも尋問は、彼らにはわけのわからないフランス語で行われたため、二人は簡単に嘘《うそ》をつくことができなかったのである。最終的に、スタッブズはすべてを自白した。

「月明かりの下、俺たちはワッシュバーン家の前に車を停《と》めたんです」と彼は話しはじめた。「あそこの玄関のドアがいつも開けっぱなしになっているのは知っていたんですが、練習のために、いちおう鍵《かぎ》はこじ開けました。ドクシーは壁にかかっていたワッシュバーン家の家族写真を全部裏返しにしました。こうすれば、どこにも証人はいないからと言って。ワッシュバーン家のことは刑務所でウェイド・マラウェイから聞きました。殺した人間をバラバラにして食った、あの連続殺人犯です。あの男は昔ワッシュバーン家で料理人として働いていたんですが、スフレに鼻がひとつ混ざってたのが見つかって、暇を出されたんです。自分のものでもないマットレスからタグを剝ぎ取るのが、法律に違反しているばかりか、神に唾する犯罪であることは認識していました。ですが、俺の頭の中には、いいからとっととやれっていう声がずっと聞こえていたんです。その声の主は、俺の聞き間違いでなければ、ニュース・キャスターのウォルター・クロンカイトです。俺がワッシュバーン夫妻のマットレスのタグを切り取って、ドクシーが子供のをやりました。汗ぐっしょりになって、目の前がぼやけてきて、子供時代のことが全部、走馬灯のように俺の目の前を駆け抜けていきました。それからほかの子の子供時代が始まって、最後はハイデラバードの君主ニザムの子供時代が駆け抜けていったんです」

裁判では、スタッブズがみずから自分の弁護を買って出たものの、その弁護料をいくらにするかで思い悩み、気分を悪くしてしまった。ある日私は死刑を待つボー・スタッブズを訪ねた。彼は繰り返し再審請求をして、十年間死刑台を免れていた。そしてその間を利用して手に職をつけ、熟練した飛行機のパイロットになっていた。最後の判決が言い渡されたときにも、私はそこにいた。テレビの放映権料としてナイキからスタッブズに高額の謝礼が支払われ、ナイキには彼の黒頭巾《くろずきん》の正面にロゴをつける権利が与えられた。死刑が犯罪の抑止力になるかどうかはいまだに疑わしいが、その後の調査によれば、二人が処刑されたあと、犯罪者が次の犯罪を犯す割合は約半分に減っているという。

ツァラトゥストラかく食えり

Thus Ate Zarathustra

偉大なる思想家の未発表原稿の発見ほど、知識人を興奮させ、学者たちをまるで顕微鏡で水滴を覗《のぞ》き込むと見えるもののごとくに走りまわらせるものはない。十九世紀の果たし合いの稀少な痕跡《こんせき》を入手するために最近ハイデルベルクへ旅したとき、私は偶然にもそんな宝物に出会った。フリードリヒ・ニーチェのダイエット・ブックがあったなどと誰が想像できただろうか？　たしかに細かいことを言い出せばその真贋《しんがん》には多少あやふやなところもあるものの、その作品を研究した大多数の者が、西洋の思想家の中で、プラトンの思想とアメリカのほこるダイエット提唱者プリティキンの思想の融合にここまで近づいた人間はほかにはいない、という点では意見の一致を見ているのである。以下に、その原稿の抜粋を掲載する。

脂肪そのものは、物質ないしは物質の一部、ないしはその一部の一形態である。ただ、それがお腹のまわりに蓄積されたときに、大きな問題が生じるのである。ソクラテス以前の思想家の中で、体重はまやかしであり人間はどんなに食べようとも腕立て伏せを一度もやらない人間の太さの半分にしか達しない、と主張したのはゼノンである。アテナイ人たちは、理想の体型の追究に取りつかれていた。ゲームでアイスキュロスに負かされたクリュタイムネストラは二度と間食しないという誓いを破ってしまい、もはやそれまでの水着が着られないと知ったときに、みずからの両目をくりぬいてしまった。

人類が体重の問題を科学用語で語れるようになるには、アリストテレスの頭脳を必要とした。『倫理』という著作の前半部分で、彼は、ひとりの人間の円周は腹囲に円周率πを乗じたものに等しいと述べている。中世まで人々はこの考え方に満足していたが、トマス・アクイナスが多くのメニューをラテン語に翻訳し、世界初の美味《おい》しい牡蠣《かき》の店がオープンすると事情が変わった。とはいえ、教会はまだ外食には否定的だったし、レストランでボーイが車を預かるサービスは道徳に背く行為とされた。

これは広く知られていることだが、何世紀ものあいだローマは、温かいオープン・ターキー・サンドイッチを放縦の極みと見なしていた。その結果、多くのサンドイッチは折りたたむことを余儀なくされ、それが再び開かれたのは宗教改革が起きたあとのことだった。十四世紀の宗教画は当初、体重超過の者が地獄をへめぐり、サラダとヨーグルトしか与えられない天罰の様子を描いていた。スペイン人はとりわけ残酷で、異端審問の結果、アヴォカドにカニの身を詰めたことで死に追いやられた者さえいた。

その後、罪悪感と体重の問題の解決に近づいた哲学者はひとりもいなかったが、やがてデカルトが精神と肉体を二つに分かち、肉体がむさぼり食べているあいだも、精神は、知ったことか、と思っていられるようになった。だがデカルト以後にも、大きな思想的な問題が残された。人生に意味がないとすれば、ローマ字型パスタがたくさん入ったアルファベット・スープに何かなすべき術《すべ》があるだろうか、という問題である。脂肪は単子で構成されていると最初に指摘したのはライプニッツである。ライプニッツはダイエットを実践し運動もしたが、その単子を取り除くことはできなかった。少なくとも、彼の太腿《ふともも》に付着したものは取れなかった。いっぽう、スピノザは慎ましく食事をすることを旨《むね》とした。なぜなら彼は万物に神が宿ると信じており、万物の造物主にマスタードをかけていると思うと肉とジャガイモを包んで揚げたクニッシュをがつがつと食べるのは憚《はばか》られたからである。

健全な食事と創造的天才とのあいだには何か因果関係があるのだろうか？　その答えを知るには、作曲家リヒャルト・ワーグナーとその平らげたものを見ればいい。フライドポテトに、チーズ・トーストに、薄切りのトルティーヤ・ナチョス……ああ、この男の食欲には際限がない。それでも、彼の音楽は崇高である。ワーグナーの妻コジマもやはりかなりの食欲を誇っているが、少なくとも彼女の場合は毎日走っていた。『ニーベルングの指環《ゆびわ》』の一シーンでは、ジークフリートがライン川の乙女たちと外食をともにする決意をし、勇ましくも、牛一頭、鳥二ダース、チーズ数皿、ビール十五樽《たる》を平らげる。そしてやがて請求書が来るとお金が足りなかった。ここで重要なことは、人生においては何人《なんぴと》にも付け合せとしてさらにコールスローやポテトサラダを食べる権利が付与されており、その選択は、この地上におけるわれわれの時間は限られているのであり、多くの調理場は十時には閉まってしまうという事実を十分に恐れわきまえたうえで、なされなければならない、ということである。

ショーペンハウエルは、実存的な破滅を引き起こすのはふだんの食事ではなくむしろスナックの食べすぎにある、と考えていた。彼は、何か他のことをしながらピーナッツやポテトチップスをむやみにかじりつづけることを激しく非難した。「スナックをむしゃむしゃ食べはじめたら最後、人間の意思でそれを食い止めることは不可能であり、結果的に宇宙のすべてのものが食べくずにおおわれるのである」とショーペンハウエルは主張した。ショーペンハウエルと同じように思い違いをしていたのはカントである。彼は、世界中の誰もが同じものを注文すれば世界は道義的に正しく機能する、ということを念頭に置いてランチを注文するように求めた。カントが予見できなかった問題は、誰もが同じものを注文したら、最後のスズキは誰のものなのか、キッチンで激しい論争が巻き起こるだろう、ということだった。「この地上のすべての人のために注文していると思って注文をしなさい」とカントは助言している。しかし、隣りの男がグアカモーレを食べない人間だったらいったいどうするのだろうか？　言うまでもないことだが、結局のところ、道義的に正しい食べ物などこの世には存在しないのである。半熟卵を別にすれば。

要するに、私の「善悪を超越したケーキ・ビスケット」と「パワー全開サラダ・ドレッシング」を除けば、西洋思想に変革をもたらした真に偉大なレシピの中で、意義のある政治的メッセージを込めて食べ残しを処理するのにもっともふさわしいのはヘーゲルの鶏肉のミート・パイであろう。スピノザの「えびと野菜炒め」も無神論者や不可知論者には喜ばれるかもしれない。世間的にはあまり知られていないが、ホッブスの遺したレシピ「赤ん坊の背中の丸焼きリブ」はどんなものなのか、いまも知的な謎《なぞ》とされている。ニーチェのダイエットの素晴らしい点は、一度減った体重が戻らない、ということである。カントの「澱粉《でんぷん》食品に関する研究」ではそうはいかないのだ。

朝食

オレンジジジュース
ベーコン二枚
プロフィットロール
焼きハマグリ
トースト
ハーブ・ティ

オレンジの果汁は、剝《む》き出しにされたオレンジのまさしく真髄であり、それはすなわち、真の自然ということであって、そこには「真のオレンジ性」が付与されるために、たとえば、茹《ゆ》でたサケや内臓のような味わい方をされずにすむ。神を信じる者には、朝食にシリアル以外のものを食べることは不安や恐怖心をもたらすだろうが、神が死んだいまはすべてのことが許されるのであって、プロフィットロールやハマグリも好きなように食べることが可能となり、場合によってバッファロー・チキン・ウィングさえ、許されるのである。

昼食

トマトとバジルのスパゲティ一皿
ホワイトブレッド
マッシュポテト
ザッハートルテ

意志の強い者は常に濃厚なソースでしっかり味つけされたこってりとした昼食を食べるが、意志の弱い者は、死後の世界でこそみずからの苦労が報われてラム・チョップのグリルが食べ放題となることを信じて、小麦胚芽と豆腐をつつくぐらいですませる。しかしながら私は断言するが、死後の世界がこの世の永劫回帰であるならば、その辛抱強い者たちは永遠に、低炭水化物と皮なし鶏肉のあぶり焼きの食事を続けることになるのである。

夕食

ステーキかソーセージ
ハッシュドポテト
ロブスター・テルミドール
ホイップ・クリームか三段重ねのケーキ付きアイスクリーム

これこそが「超人」のための食事である。高トリグリセリドやトランス脂肪酸に対する罪悪感に惑わされている者たちには、牧師や栄養士たちを喜ばせる食事をさせておくがいい。だが超人は、酒の神ディオニソスならば、霜降《しもふ》り肉とクリーミー・チーズにたっぷりのデザートと、そして、そう、大量の揚げ物を、それが逆流してくる心配さえなければ、食べるであろうことを知っているのである。

箴言

認識論はダイエットを無意味なものにする。私の心の中以外には何物も存在しないのだとすれば、私はレストランで何でも注文することができるだけでなく、サービスも非の打ちどころのないものとなるであろう。

ところが現実には人間は、ウェイターにチップを出さないことのある唯一の生き物なのである。

ディズニー裁判

Surprise Rocks Disney Trial

ウォルト・ディズニー社を退任する社長マイケル・オーヴィッツに支払われる解雇手当に関する株主代表訴訟において、本日、娯楽業界の巨人側の弁護士によって予期せぬ証人の尋問が行われ、その証言によって法廷に衝撃が走った。

弁護士 証人は名前を述べてもらえますか。

証人 ミッキーマウスです。

弁護士 当法廷に対して職業をお聞かせください。

証人 ネズミとしてアニメーションに出演しています。

弁護士 あなたはマイケル・アイズナーとは親しい関係でしたか？

証人 親しかったとは申しませんが、夕食は何度も一緒に食べています。一度ご夫妻が僕とミニーを自宅に招いてくれたこともありました。

弁護士 彼とビジネスの話をしたことはありますか？

証人　アイズナーさんとロイ・ディズニーとプルートとグーフィーが同席した朝食会に、僕もいました。

弁護士　その朝食会はどこで行われましたか？

証人　ビヴァリーヒルズ・ホテルです。

弁護士　他に証人はいますか？

証人　スティーヴン・スピルバーグが立ち止まって挨拶《あいさつ》をしていきました。えーと、それからダフィ・ダックも。

弁護士　ダフィ・ダックと知り合いなんですか？

証人　ダフィ・ダックとは、その数か月前に、タレント・エージェントのスー・メンジャーズが自宅で開いた夕食会で会い、親しくなりました。

弁護士　アイズナー氏はダフィ・ダックと関係をもつことを認めていなかったと私は理解していますが。

証人　たしかにその件に関しては何度も口論になりました。

弁護士　で、最終的にはどうなったんですか？

証人　ダフィがサイエントロジーの信者になったので、それを機に会うのはやめました。

弁護士　話を朝食会に戻しますが、そこで何が話し合われたか覚えていますか？

証人　アイズナー氏が、クリエイティヴ・アーティスツ・エージェンシーの社長であるマイケル・オーヴィッツを雇うつもりだと言いました。

弁護士　それを聞いてどう思いましたか？

証人　驚きました。プルートはその知らせをさらに深刻に受け止めて、落ち込んでいるように見えました。

弁護士　どうして落ち込むんですか？

証人　オーヴィッツ氏は彼よりもはるかにグーフィーと親しいので、映画で自分の出番が減るかもしれないと心配だったからです。

弁護士　ということは、オーヴィッツ氏とグーフィーの「特別な関係」についてはあなたも知っていたのですね？

証人　まだエージェントを務めていた頃、オーヴィッツ氏がグーフィーを誘惑していたことは知っています。また、僕の思い違いでなければ、二人はアスペンの別荘を一緒に使っていました。

弁護士　そこで二人がより親しくなる機会が訪れたのですか？

証人　マリブでグーフィーが逮捕されたとき、オーヴィッツ氏がグーフィーに寄り添っていました。

弁護士　グーフィーが麻薬の問題を抱えていたというのは本当ですか？

証人　彼は鎮痛剤のペルコダン中毒でした。

弁護士　それはどのくらいの期間続いていましたか？

証人　ある作品で大失敗をしでかしてから彼は鎮痛剤に手を出しました。エンパイア・ステート・ビルから傘で落下傘降下をして、腰を痛めたんです。

弁護士　それで？

証人　麻薬依存症から立ち直れるように、オーヴィッツ氏がグーフィーをベティ・フォード・センターに入院させたんです。

弁護士　オーヴィッツ氏を雇い入れるというアイズナー氏の計画に懸念を表明したことはありますか？

証人　その件はミニーと話しましたが、僕たちには、二人が衝突するのがわかりきっていました。

弁護士　そのことを奥さん以外の人の前で話しましたか？

証人　ダンボとバンビとそれから……よく覚えていませんが……あ、そうそう、バーブラ・ストライサンドの家で一度ジミニー・クリケットとも話しました。ジミニーがトランカスに家を買ったときに、彼女がお祝いのパーティを開いたんです。

弁護士　それで何か意見がまとまったんですか？

証人　ダンボは、僕たちが抱いている懸念について、ドナルドダックがアイズナーさんに話すべきだと考えていました。アイズナーさんはドナルドの言うことにはいつでも耳を貸すようでしたから。アイズナーさんは、ドナルドのことを「僕がこれまでに会った中でいちばん思慮深いアヒルの一匹」だと言っていたんです。二人はドナルドの池でよく一緒に遊んでもいました。

弁護士　二人の関係は互恵的なものでしたか？

証人　もちろんです。ドナルドは、デイジーダックと別居したあと六か月、アイズナーさんの家に住んでいましたから。ドナルドの奴、ポーキーのガールフレンドのペチュニア・ピッグと浮気していたんです。ライバル会社の動物と付き合うのはディズニーではご法度なんですが、ドナルドに関してはアイズナーさんは見て見ぬ振りをして、株主を狼狽《ろうばい》させたんです。

弁護士　あなたが宣誓証言の中で言及したのはその関係のことですか？

証人　そうです。ちょっと記憶が曖昧《あいまい》なんですが、たしか、ドナルドがペチュニア・ピッグに紹介されたのは、ジェフリー・カッツェンバーグの家だったと思います。

弁護士　あなたもその場にいたんですか？

証人　ええ。僕と、トム・クルーズと、トム・ハンクスと、ジャック・ニコルソンがいました。それから、ショーン・ペンと、ワイリー・コヨーテと、ロード・ランナーと……。

弁護士　トムとジェリーは？

証人　いえ、あの二人はその週末、エアハルト式セミナー・トレーニングに出ていましたから。

弁護士　カッツェンバーグさんとアイズナーさんが訴訟に巻き込まれたのは、それから六か月経《た》ってからのことですが、そのあたりの細かい事情は覚えていますか？

証人　問題はアイズナーさんがバッグス・バニーに、ディズニーに来て働くことを条件にストック・オプションを約束したことです。

弁護士　で、バッグス・バニーは来たんですか？

証人　いいえ。バッグス・バニーは独立独歩の人間ですから。当時、彼は一年間休暇をとって小説を書きたいと思っていたんです。

弁護士　パーティの話に戻りますが、あなたは次に何が起きたか覚えていますか？

証人　ええ。ドナルドダックが酔っ払って、ニコール・キッドマンに言い寄ったんです。あれはちょっと破廉恥でしたね。当時彼女はまだトム・クルーズと結婚していましたから。僕の記憶では、ドナルドはトムに敵意をもっていました。彼は、自分のやりたい役がみんなトムに持っていかれてしまうと感じていたんです。あのパーティで、アイズナーさんがドナルドを外へ連れ出して、なだめようとしていたのを覚えています。

弁護士　それでどうなったか覚えていますか？

証人　カッツェンバーグ家の芝生の庭で、ドナルドはペチュニア・ピッグに出会ったんです。ドナルドは彼女がとてもきれいで刺激的だと思ったようです。好きな音楽グループにも共通するものがたくさんありました。ただドナルドの場合、怒りをコントロールする能力に問題があって、もう何年も抗鬱剤《こううつざい》のプロザックも服用していました。彼は、自分のキャリアはもうお終いで、近いうちに広東《カントン》料理のメニューに載ることになると思い込むようになっていたんです。だから、アイズナー氏が止めたにもかかわらず、ドナルドはポーキーのガールフレンドと密会しはじめたんです。

弁護士　あなたの知るかぎりでは、その関係はどのくらい続きましたか？

証人　一年ぐらいです。ペチュニアのほうが、もう会えない、とドナルドに告げたんです。ウォーレン・ビーティと相思相愛になってしまったからって。たしかウォーレンは彼女をカンヌ映画祭へ連れていきましたよね。

弁護士　それで、デイジーダックがドナルドを追い出すことになったんですか？

証人　そうです。で、アイズナー氏が助け船を出して、ドナルドとデイジーの話し合いがつくまで自分の家に彼を住まわせたんです。結局、ドナルドとデイジーの二人は、お互いに性的にはオープンな関係でやっていくという条件で、また一緒に住むことになりましたけど。

弁護士　それで、あなたの思い出せるかぎりでは、誰かしらがアイズナー氏に対して、オーヴィッツ氏を雇うのは良策とは言えないかもしれないと助言したんですか？

証人　アカデミー賞の授賞式の晩に、ピノキオに相談してみたんですが、彼は関わりたくないと言いました。

弁護士　ということは、ピノキオもほかの人も誰ひとりアイズナー氏に対して、オーヴィッツさんとはうまくいかないかもしれないと前もって助言しなかったということですね。

証人　僕の知るかぎりでは、そのとおりです。

弁護士　そして、結局二人の仲がうまくいかないことがわかって、オーヴィッツ氏の解雇条件の一部である一億四千万ドルの支払いが問題になったというわけですね？　オーヴィッツ氏はそれが法外なものだと思っていたようですか？

証人　僕が知っているのは、ジミニー・クリケットがよくオーヴィッツさんの肩にとまって、常に良心に従って行動するように、と助言していたことだけです。

弁護士　それで？

証人　あとはみなさんもよくご存じのとおりです。

弁護士　ありがとうございました。

ピンチャック法

Pinchuck's Law

ニューヨーク市警の殺人捜査課に二十年もいれば、そりゃあ、あんた、ありとあらゆるものを目にするさ。ウォール・ストリートの株式ブローカーはどっちがテレビのチャンネルをかえるかで口論したあげくにかわいいプチフールちゃんを千切りにしちまうし、恋に悩んだラビは髭《ひげ》に振りかけた炭疽菌《たんそきん》を吸い込んですべてにケリをつけちまう。だから、リヴァーサイド・ドライブと八十三丁目の交差点で、銃弾の痕《あと》も、刺し傷も、誰かと争った形跡もない死体が見つかったときも、俺は、パニクってフィルム・ノワール映画ばりの推理を弄することなく、エイヴォンの詩人が言うところの、人間の肉体に付きまとう何千もの苦しみがもたらした自然死として、あっさりと片付けてやったんだ。どの苦しみかなんて訊《き》くなよ。

ところが、その二日後にソーホーでも、やっぱり暴行を受けた痕がほとんどない死体が上がり、セントラル・パークでも三つ目の似たような死体が見つかるに及んで、俺は抗鬱剤《こううつざい》を取り出し、わが愛する不死身の妻に、しばらく仕事で帰りが遅くなると伝えたんだ。

「こいつはちょっと驚きですね」相棒のマイク・スウィーニーが、犯罪の現場に例の立ち入り禁止のテープを張りめぐらせながら言った。マイクは熊《ベア》としても十分に通用するほどの警官《ベア》で、実際、動物園で本物の熊が病気になったときに、代わりを打診されたことが何度かあった。「タブロイド紙は連続殺人事件だと言って騒いでいます。もちろん、連続殺人犯たちは偏見だと反論していますがね。同じやり方で三人以上殺されると、いつも自分たちのせいにされるとこぼしています。自分たちのせいにするのは、せめて六人になってからにしてほしいそうです」

「正直に言っとくがな、マイク、俺はこんな事件は見たことがない。あの占星術殺人鬼をとっ捕まえたこの俺がだぞ」占星術殺人鬼とは、ヨーデルを歌っている人間に忍び足で近づいてはその頭をかち割る卑劣な狂人だったが、その男にはなぜか共鳴する人間がたくさんいたので捕まえるのが大変だったのだ。「何か性的暴行の手がかりが見つかったら連絡してくれ」

俺はマイクにそう言い残すと、毒を盛られた可能性がないかどうか、検死官のサム・ドッグスタッターにたずねるために死体安置所へ急行した。サムと俺とは、奴がまだ駆け出しの検死官で、煙草銭《たばこぜに》欲しさに結婚式や十六歳の記念の誕生会の余興としてよく解剖をやっていた頃からの付き合いだった。

「はじめは、小さい吹き矢じゃないかと思ったんだ」とサムは言った。「で、ニューヨークで吹き矢筒を持っている人間を片っ端から当たってみようとしたんだが、それは物理的に不可能だった。この街の半数の人間が、一メートル八十センチもある、あのジヴァロ族の吹き矢筒を持っていて、その大半が携帯許可をもらっているなんて誰も知りゃしないだろ」

痕跡《こんせき》をまったく残さずに人を殺せるテングタケの可能性はないか、と俺はサムに訊《き》いてみたが、彼はその可能性も否定した。「本当に人を殺せるキノコ類を売ってる健康食品の店が一軒だけあったが、その店ももう何年も前に、売ってるキノコが有機栽培じゃないことがバレて店じまいしちまったよ」

俺はサムに礼を言うと、ルー・ワトソンに電話を入れた。奴は現場で出来のいい指紋を採取してさっそくそれを、ものすごい価値のあるテノール歌手エンリコ・カルーソーのレアものと交換に他の分署の人間に渡して熱くなっていた。「鑑識が髪の毛を一本見つけた」とルーは言った。と同時に鑑識は、頭に禿《は》げがあるのも見つけたらしい。だが不運にも、見つかった髪の毛は八歳の子供のもので、禿げは、ポルノ・ショウの最前列に座っていた九人の男たちの誰かのものだというところまでは突き止められたものの、その九人の男にはみな完璧なアリバイがあった。

本部に戻って、ベン・ロジャーズと話をした。ベンは俺の恩師で、ヤッピー・レストラン殺人事件を解決した男だった。その事件では、銃で撃たれた犠牲者たちにライムと新鮮なミントの香りが軽くつけられていた。ベンは、殺人鬼が新鮮なミントを使い切り、連番で追跡が可能な砕いたクルミを使わざるを得なくなるまで、辛抱強く待った。

「犠牲者はどんな人間なんですか、敵がいたんですか?」と俺は訊いた。

「ああ、いたようだ」とベンは答えた。「だが、そいつらはみんなパームビーチのプライヴェート・クラブにいたんだ。『敵の一大集会』があってな。東海岸の敵はほぼ全員がそれに出席していたんだよ」

ベンと別れて、サンドイッチでも食べようと思っていると、そこへ、東七十二丁目の大型のゴミ箱でまだ殺されて間もない死体が見つかったという連絡が入った。今回のまだ真新しい遺体はリッキー・ウィームズという若い俳優のものだった。感じやすい反抗期の若者を演じるのが専門で、テレビの医療メロドラマ『あざが黒くなるとき』の人気者だ。今回のケースに限り、ホームレスの女性が犯行を目撃していた。その女性ワンダ・ブシュキンは、以前は毎晩ロウアー・イーストサイドの段ボールの家で寝ていたのだが、最近、パーク街の段ボール・ハウスに引っ越してきていた。当初彼女は管理組合の承認が得られないのではないかと心配していたのだが、彼女の純資産が四ドル三十セントを超えていることが判明したため、より快適な段ボール・ハウスへの引っ越しが承認されることと相成ったのである。

問題の夜、眠れずにいたブシュキンは、赤のハマーに乗った男が、死体を投げ捨てて、走り去っていくのを目撃した。が、彼女ははじめ、関わり合いになりたくないと思った。というのも、前に一度婚約者を犯人と特定して、それが原因で婚約を破棄されたことがあったからだった。それでも彼女は今回は特別に、容疑者の特徴をうちの似顔絵師のハワード・インチケープに語ってくれたのだが、肝心のインチケープのほうが気まぐれを起こして、容疑者が自分でやって来てモデルにならない限り似顔絵は描かないと言い出して譲らなかった。

で、インチケープを必死になって説得しているときに、俺はふと、霊媒師のB・J・シグムント（Sygmnd）のことを思いついた。シグムントは、海で事故にあったときに名前の母音を全部なくしちまった哀れなオーストリア人だった。一九九三年に俺はシグムントを使って猫泥棒を捕まえていた。そのとき奴は、百人近い浮浪者の中からほとんど奇跡的に犯人を割り出したのだ。奴は目の前で犠牲者の遺留品をあれこれいじりまわした末に、ある種のトランス状態に入った。目が大きく見開き、何かしゃべりはじめたが、その声はトシロー・ミフネの声に変わっていた。俺の探している男は局所麻酔薬のノヴォカインを使っており大臼歯《きゅうし》と小臼歯をドリルで治療している、とその声は言った。さらに一歩踏み込んでその男の職業を特定することも可能だが、それには占い板のウィージャが必要だとも言った。

急いでコンピューターで調べてみると、犠牲者は全員、同じ歯科医の患者だということが確かめられた。これで決め手をつかんだのは間違いなかった。俺はジョニー・ウォーカー指四本分で麻酔をかけると、スイス・アーミー・ナイフを使って下の七番の歯から銀の合金を抜き取り、翌朝、歯医者の椅子《いす》に口を開けて座っていた。ポール・W・ピンチャック医師がその穴の治療をしてくれた。

「この歯の治療にはそんなに時間を取らないと思いますが」と奴は言った。「もし時間があるならその隣りの歯も治療しておいたほうがいいでしょうね。この状態でいままで何も問題が起きなかったのが不思議なくらいです。どっちにしたって今日のこの天気じゃ外へ出たって何もできませんよ。まったく、信じられますか、この天気？　四月ではこれまでいちばん雨が多かったそうです。これも例の地球温暖化のせいでしょうね。エアコンを使う人間が多すぎるんですよ。私にはエアコンは必要ありません。ここらではいちばん暑い日でも窓を開けておけば寝られますからね。そのおかげで新陳代謝もよくなります。うちの妻もそうなんです。僕らの体は見事に環境に適応しているんですよ。食べるものにも注意してますからね。霜降《しもふ》り肉はまったく食べませんし、乳製品もほどほどにして、運動もしています。僕はランニング・マシンが好きなんですが、妻のミリアムはステアマスターが好きなんです。それから二人ともスイミングも大好きなんですよ。家は郊外のサガポナックにあるんですが、四月になると、ミリアムと二人でたいていハンプトンで週末を過ごすようになります。サガポナックだってすごく気に入っているんですよ。社交生活を楽しみたければそれなりの人がいますが、人付き合いをしないで自分たちだけで楽しむことも可能なんです。僕はそれほど社交的な人間じゃありませんから。僕らはたいてい本を読んだりしています。妻は折り紙もやります。昔はタッパンに家があったんですよ。あそこへはいくつか行き方がありますが、僕はたいてい九十五号線を使っていました。時間は三十分ぐらいですかね。でも僕らはビーチのほうがよかったんですよ。最近、屋根を新しくしたんですがね、その見積りを見て驚きましたよ。いやもう、業者はありとあらゆる方法で金を取るんです。ま、何でもそうですがね。万事金の世の中ですよ。私は子供たちに言ってるんです。この世の中に掘り出し物はないって。昼ご飯だってただじゃありませんからね。うちには男の子が三人いるんです。六月にセスが十三歳になるんで、バーミツヴァの儀式があるんですが……」

ピンチャックのドリルが俺の歯のエナメル質を貫通すると、俺は何だかとても息苦しく感じはじめた。呼吸がおかしい。深い呼吸と浅い呼吸が交互に現れるチェーン・ストークス呼吸が始まりかけていた。俺は自分の生のしるしが弱まっていくのを感じた。自分の人生が走馬灯のように目の前に現れ、親父をコメディアンのエドナ女史が演じているのを見て、やばいと思った。

四日後、俺はコロンビア・プレズビタリアン病院の集中治療室で目を覚ました。

「ああ、よかった。あなたは鉄人ですよ」ベッドのほうへ体を寄せて、マイク・スウィーニーが言った。

「いったいどうなってるんだ?」俺は訊いた。

「運がよかったんですよ」とマイクが言った。「あなたが意識を失ったばかりのときに、フェイ・ノーズワーズィーという女性が歯の緊急事態を起こしてピンチャックの治療室に駆け込んだんです。酩酊《めいてい》状態でデンタルフロスを使ったんですね。それで人工歯冠がとれたのを飲み込んでしまったらしいんです。あなたは床に崩れ落ち、彼女は泣き叫びはじめ、ピンチャックはパニックにおちいって大慌てで逃げ出したというわけです。幸運にもそこへうちの特別機動部隊が駆けつけて、事無きを得ました」

「ピンチャックが逃げ出したって？　しかし、あの男は普通の歯医者と何も変わらなかったぞ。俺の歯を治療しておしゃべりしただけだ」

「とにかくいまは少し休んでください」と、いつものモナリザの微笑を浮かべてマイクが言ったが、その微笑は、サザビーズの鑑定ではまがい物だと出ていた。「ちゃんと歩けるようになったらすべてお話ししますから」

もし、あの殺人事件の話はいったいどうなったのだ？　と訝《いぶか》しく思っていたら、新聞の三面記事を注視してオールバニー発のニュースが載るのを待っていてほしい。かの地では、ある法案が立法府で審議されることになっていて、やがてピンチャック法が成立するだろう。その法律では、休みなく話しつづけることによって、もしくは事前に裁判所の許可を得ずに「口を開けて」と「口をゆすいでください」以外の言葉を発して患者の生命を危険にさらした歯科医は、重罪に処せられるのだ。

訳者あとがき

本書『ただひたすらのアナーキー』は、*Mere Anarchy*（ランダムハウス社二〇〇七年刊）の全訳である。

収録されている十八の短編のうち十編は『ニューヨーカー』誌に掲載された。ウディ・アレンにとっては何と二十五年ぶりの小説集である。『これでおあいこ』『羽根むしられて』といったかつてのアレンの小説集を楽しまれた読者の中には、新しい小説の出版を待ちわびられていた方も多いのではないだろうか。

何よりもまず映画監督・俳優として知られるウディ・アレンは、一九三五年十二月一日に、ニューヨークのブルックリンで生まれている。ニューヨーク大学の映画科を中途退学したあと、テレビ番組のコメディ・ライターやスタンドアップ・コメディアンとして修行を積み、一九六五年、『何かいいことないか子猫チャン』で脚本家兼俳優として映画デビューして映画界で活躍するようになり、七七年には『アニー・ホール』でアカデミーの監督賞と脚本賞を、八六年の『ハンナとその姉妹』では脚本賞を受賞している。

映画作家としてのアレンは、実人生の中でみずからの創造力に刺激を与える新たなミューズに出会うたびに新境地を開拓したきた。そのことは、これまでの彼の成功した作品を見れば一目瞭然である。

『アニー・ホール』のダイアン・キートン、『マンハッタン』のマリエル・ヘミングウェイ、『ハンナとその姉妹』のミア・ファロー、『誘惑のアフロディーテ』のミラ・ソルヴィーノ、『世界中がアイ・ラヴ・ユー』のナタリー・ポートマン……。

アレンは常に、新しいフレッシュな女優、彼にとってのミューズたちに啓発されて、傑作を世に送り出してきたのである。

『誘惑のアフロディーテ』の陽気なコールガール役で見せた、ミラ・ソルヴィーノのあの演技、あのお色気は何と素晴らしかったことだろうか。

この『誘惑のアフロディーテ』という作品は、アレンが長年共同生活を送ってきたミア・ファローの養女で当時まだ二十一歳だったスン・イーと彼が恋に落ち、それがもとでミアとの泥沼のスキャンダルに巻き込まれたあとで再起を期して作り上げた作品である。

スキャンダルが一段落すると、アレンは若さ溢れるアジア系の（彼にとってはエキゾチックな女性）スン・イーと結婚し、彼女の中に再びエネルギーの供給源を見出して映画作りに励み始め、私生活ではスン・イーから、映画ではミラ・ソルヴィーノからエネルギーを注ぎ込まれて、この傑作映画を完成させたのである。

ソルヴィーノはこの映画で大いに注目され、アカデミーの助演女優賞を受けて、瞬く間に有名女優の仲間入りを果たした。

しかしその後はさしものアレンも、年齢を重ねるとともにしだいにその輝きを失っていき、二十一世紀に入ってからはほとんどもう映画監督としては終わった存在だと見られ、『ヴァラエティ』誌などではっきりとそう書かれたりもしていたのだが、その後彼はまた『マッチポイント』という作品で、今度はスカーレット・ヨハンソンという女優とめぐり逢い、奇跡的な復活を果たすのである。

ミラ・ソルヴィーノと同じくヨハンソンもまたこの映画の中で、ソルヴィーノに優るとも劣らない大胆な演技と、官能的な肉体を余すところなく披露している。

そうして二十一世紀に入って映画監督として復活したアレンは、今回二十年以上ぶりに新しい小説集『ただひたすらのアナーキー』を上梓することで、待望久しかった小説家としても復活を遂げたことになる。

たしかに『パブリッシャーズ・ウィークリー』誌をはじめ、このアレンの新作を取り上げた書評の中には彼の過去の作品を懐かしむものも多く、実は私自身もそうだったのだが、そこはやはりウディ・アレンの作品である。

究極のインテリ雑誌である『ニューヨーカー』誌の読者に向けて、物理学の最新のひも理論や宇宙膨張説を取り入れたウィットやユーモアを十全に披露しているし、そこには年齢を重ねたアレンの円熟味も加わっている。ミア・ファローとのスキャンダルをはじめ数々の人生経験を経て老境に達した著者がたどり着いたアナーキーな思想やユーモアも、そこかしこにちりばめられている。

「僕が物理学について知っているのは、海岸に立っている男には船に乗っている男よりも速く時間が過ぎる、ということである。とくに船の男が妻と一緒の場合には」

「宇宙は常に膨張しつづけているので、金曜日の朝目覚めたとき僕には自分のローブを見つけるのにいつもよりも長く時間がかかった」

といった一節など、その最たるものではないだろうか。

アレンにとってはもはやニューヨークも、9・11以後の世界も、無秩序に、アナーキーに、見えるのだろう。だからこそ、この作品が書かれたのだと思う。

久し振りに出版されたウディ・アレンのインテリ・ユーモア小説集、ご熟読いただければ幸いである。

二〇〇八年九月

井上一馬

ウディ・アレン（Woody Allen）
一九三五年、ニューヨーク生まれ。アメリカを代表する映画監督。俳優、脚本家、小説家、クラリネット奏者など様々な顔を持つ。『アニー・ホール』でアカデミー監督賞・脚本賞、『ハンナとその姉妹』でアカデミー脚本賞を受賞。小説に、本書の他『これでおあいこ』『羽根むしられて』『ぼくの副作用』。

井上一馬（いのうえ・かずま）
一九五六年、東京生まれ。東京外国語大学卒業。著書に『モンキーアイランド・ホテル』（講談社文庫）『話すための英語』（ＰＨＰ新書）他。訳書に、アレン『ウディ・アレンの浮気を終わらせる3つの方法』（白水社）、コープランド『友よ――弔辞という詩』（河出書房新社）他。

ただひたすらのアナーキー

著者　ウディ・アレン　訳者　井上一馬

二〇〇八年一〇月二〇日　初版印刷　二〇〇八年一〇月三〇日　初版発行

発行者　若森繁男

発行所　株式会社河出書房新社

〒一五一－〇〇五一　東京都渋谷区千駄ヶ谷二－三二－二

電話　〇三－三四〇四－一二〇一（営業）　〇三－三四〇四－八六一一（編集）

印刷　株式会社亨有堂印刷所　製本　小泉製本株式会社

落丁・乱丁本はお取り替えいたします。
 Printed in Japan　ISBN 978-4-309-20501-4